DU HAUT D'UN BRIN D'HERBE,
ON VOIT BIEN LA TERRE

DU MÊME AUTEUR
CHEZ POCKET

ET IL ME PARLA DE CERISIERS,
DE POUSSIÈRES
ET D'UNE MONTAGNE…

ET ELLE ME PARLA D'UN ÉRABLE,
DU SOURIRE DE L'EAU
ET DE L'ÉTERNITÉ

MES MOTS SONT LES FLEURS DE
TON SILENCE

DU HAUT D'UN BRIN D'HERBE, ON
VOIT BIEN LA TERRE

ANTOINE PAJE

DU HAUT D'UN BRIN D'HERBE, ON VOIT BIEN LA TERRE

POCKET

ISBN : 978-2-266-31009-3
Dépôt légal : avril 2020

Le titre est un clin d'œil à l'ouvrage de Masanobu Fukuoka (1913-2008), microbiologiste, phytopathologiste et agriculteur : *La Révolution d'un seul brin de paille : une introduction à l'agriculture sauvage*, Guy Trédaniel éditeur, 2005.

Quand l'on se rend compte que la vie était déjà partie. Deux ans auparavant, par une glaciale matinée de décembre.

Arthur Darrobat, trente-deux ans, remonta son écharpe en cashmere gris sur le nez et fourra ses mains gantées dans les poches de son pardessus. Il faisait un froid polaire. Les quelques arbres du cimetière de Montrouge semblaient engoncés, à l'étroit dans une fine couche de givre. La nécropole est située dans le quatorzième arrondissement de Paris, cette étrangeté remontant à un redécoupage des limites de la ville de Montrouge durant le XIXe siècle.

Il tourna la tête et adressa un vague sourire à la femme âgée, vêtue d'une doudoune violette, qui marchait à ses côtés : une voisine de son père, Philippe Darrobat, et l'unique personne qui avait proposé de l'accompagner jusqu'à sa dernière demeure, selon l'expression consacrée.

Deux. Ils n'étaient que deux à porter le souvenir de plus en plus lointain, diffus, d'un homme qui, en réalité, avait peu à peu abandonné son enveloppe charnelle à la maladie qui le rongeait inexorablement. Elle avait emporté tout ce qui l'avait constitué, tout ce qui l'avait fait : ses chagrins, ses joies, ses jolis moments, les êtres importants, son savoir, ses questions, ses souvenirs. Bref, son cerveau.

Les choses avaient commencé de façon insidieuse, puis plus évidente sept ans plus tôt, c'est-à-dire environ cinq ans après le décès de Laurence, la mère d'Arthur, à l'issue d'une guerre acharnée contre le « crabe ». Ce deuil, effroyable pour son père et lui-même, avait-il contribué à la détérioration mentale de Philippe ? Peut-être, sans doute. Le couple avait été extraordinairement lié, fusionnel même, entourant l'enfant Arthur, venu sur le tard, comme s'il s'agissait d'un inestimable présent.

Peu à peu, les « étourderies » de Philippe inquiétèrent Arthur. Son père l'appelait deux fois un dimanche, pour lui raconter les mêmes menus détails de sa journée. Lorsque Arthur le lui faisait remarquer avec bonne humeur, il bougonnait : « Évidemment, je sais que je t'ai déjà appelé. Mais je m'ennuyais. »

Arthur, docteur en chimie organique, trouva alors l'emploi de ses rêves : un poste de chercheur bien rémunéré dans un laboratoire pharmaceutique. Il s'agissait d'une entreprise de taille moyenne, dirigée par des gens qui gardaient encore l'humain au cœur de leur métier, dans un secteur ultra-compétitif où les dividendes ont tendance à remplacer les malades. Une boîte encore largement familiale qui serait certainement rachetée par un plus gros poisson un jour ou l'autre. Ses déplacements professionnels se multiplièrent, grâce à sa maîtrise de l'anglais et de l'espagnol. Arthur prévenait son père de chaque départ, de la durée de son absence, du jour de son retour en France. Ce dernier lui laissait de plus en plus de messages sur le mode : « Tu viens dîner ce soir ? Tu passes demain ? », alors même qu'Arthur se trouvait à l'autre bout de la planète pour une bonne semaine. Ou bien Philippe insistait pour avoir des nouvelles de sa petite amie du moment. Arthur lui avait pourtant expliqué à maintes reprises que, hormis des rencontres assez ponctuelles avec des dames charmantes, il n'avait aucune relation stable, faute de temps et surtout d'intérêt pour ladite stabilité. C'est lorsque son père buta sur le prénom de son épouse adorée « Laurence » que des soupçons encore plus sombres alertèrent Arthur.

En réponse à ses questions insistantes, Philippe finit par admettre que son médecin avait diagnostiqué deux ans plus tôt une maladie d'Alzheimer au stade encore relativement précoce. Arthur fut sonné. Son père n'était pas si âgé que cela, quand même. Il parcourut la bibliographie scientifique, consulta les sites d'associations, pour rester devant un désert effarant. Aucune piste thérapeutique pour contrer véritablement la maladie. Il existait bien quelques médicaments qui augmentaient la disponibilité de l'acétylcholine[1] dans le cerveau ou qui bloquaient les récepteurs d'une substance connue pour l'endommager, bref un ralentissement de la dégradation du malade.

Philippe, ingénieur centralien, évoqua alors, à plusieurs reprises, la possibilité d'un départ en Suisse,

1. Neurotransmetteur qui permet la transmission des messages entre les neurones.

d'une euthanasie pour ne pas finir comme un pauvre légume. Arthur ne commenta pas. L'idée d'accompagner son père pour un ultime voyage, en toute connaissance de cause, le terrorisait. Toutes ces heures de trajet vers la fin, à le regarder, à l'écouter, en songeant qu'elles seraient les dernières. D'un autre côté, il s'agirait de la solution pour laquelle lui-même opterait dans la même situation inextricable. Et puis, son père oublia, ou alors l'instinct de survie prit le dessus.

Nous sommes rarement isolés face à la vie. En effet, il existe presque toujours des mains secourables, des phrases, des sourires, ou des engueulades qui nous tirent par la peau du cou pour nous permettre de nous relever. En revanche, nous nous retrouvons seuls face à la mort, lorsqu'elle est là, à quelques secondes de nous. Certes, beaucoup d'entre nous auront la chance, l'immense privilège des mots d'amour et d'amitié, des caresses, d'un parfum aimé, d'une main serrée dans une autre au cours des semaines ou des mois qui la précèdent. Pourtant, lors de ces dernières secondes, apaisantes ou terrorisantes, nous sommes seuls. Sauf, sans doute, les croyants.

L'état de Philippe se dégrada assez vite. Il reconnaissait de plus en plus difficilement son fils, ne parvenait plus à s'alimenter seul et se lavait avec difficulté. Une auxiliaire de vie spécialisée passait chaque jour. En dépit de sa bonne volonté, cela devint insuffisant. Surtout, Philippe oubliait Laurence, son épouse tant aimée, et ne se souvenait que très épisodiquement de sa propre mère. Arthur continuait à sillonner la planète, ne se posant en France que pour quelques jours chaque semaine. Sa tante Catherine, la sœur aînée de Philippe, était âgée et vivait dans le Sud. Elle faisait l'effort de « monter » à Paris dès qu'elle le pouvait et tentait de réveiller les souvenirs de son frère. Elle lui racontait leurs gentilles bêtises d'enfance, les brioches à la fleur d'oranger de leur grand-mère paternelle, l'ânesse Muguette qui avait pris Philippe en grippe, on ignorait pour quelle raison. Et puis Philippe l'avait appelée « madame », manifestant ouvertement son agacement lors de ses visites. Quant à ses deux cousins parisiens, ils passaient lorsque leur travail et leurs familles leur laissaient un peu de temps. La voisine, celle à la doudoune violette, avait d'abord monté des repas à son père, essayé de le distraire un peu. Mais Philippe – un homme jadis affable et souriant – devenait agressif, s'énervait pour un rien. Une hospitalisation devenait inévitable.

Toutes les tentatives d'Arthur lors de ses fréquentes visites dans la maison médicalisée pour essayer de stimuler son père finirent par échouer. Au début, Philippe affirmait qu'il se souvenait avec des « Oui, oui, ça me revient, maintenant ». Puis Arthur comprit qu'il mentait le plus souvent, pour rassurer son fils – du moins cet homme encore jeune qu'il connaissait. Ensuite, il ne répondit presque plus, prenant Arthur pour un infirmier.

Philippe mourut seul, très seul, en pleine nuit, d'une fausse route. Son réflexe de déglutition était considérablement altéré. Il avait tenté de manger un bonbon.

En cette glaciale matinée de décembre, alors que des hommes descendaient le cercueil dans une fosse fraîchement creusée, des sentiments très contradictoires se bousculaient en Arthur. La tristesse, bien sûr, mais une étrange tristesse. Pas vraiment pour cet homme défunt, mais pour le père qu'il avait d'ores et déjà perdu des années auparavant. Le Philippe Darrobat qui disparaîtrait bientôt sous une plaque de marbre, aux côtés de son épouse, n'avait plus rien à voir avec « papa ». Un soulagement aussi, un soulagement qui lui faisait un peu honte. En effet, durant les derniers mois, une question insistante, angoissante l'avait harcelé : qui sait si les patients atteints de cette maladie souffrent ? L'idée que Philippe puisse avoir mal, en plus de la destruction de son esprit, était devenue insupportable pour Arthur. Et puis, s'il voulait être parfaitement honnête, appuyer où cela faisait bien mal, sans discours de circonstance, cet homme, le patient Philippe Darrobat, allongé depuis deux ans dans son lit, n'était plus rien pour Arthur. Il était devenu agressif : tapant, pinçant, tirant les cheveux, du moins lorsqu'il réagissait. Il n'était plus qu'une enveloppe. Ses derniers éclairs de lucidité, ceux qu'Arthur espérait, tentait de provoquer, étaient passés depuis longtemps.

Le décès puis l'enterrement de sa mère avaient causé à Arthur une peine affreuse, aiguë comme des coups de poignard. Il avait sangloté, tête baissée, au bord de cette fosse, la même. Une saloperie de maladie le contraignait à laisser partir la femme qu'il avait le plus aimée, ses baisers en chapelet lorsqu'elle l'appelait « le plus beau, le plus intelligent, le plus parfait. Bref, mon fils », ses éclats de rire, les sonates pour piano de Mozart ou de Haydn qu'elle jouait à la perfection, yeux mi-clos, ses gaufres systématiquement ratées, sortes d'éponges peu enthousiasmantes, la patience avec laquelle elle lui faisait réviser ses cours de maths ou d'espagnol. Les yeux si bleus de sa mère, un bleu presque turquoise lorsqu'elle était gaie. Sa mère. Maman. Il avait eu ensuite, durant des mois, le sentiment déroutant, douloureux mais pourtant confortable qu'elle l'environnait.

En cette matinée, il n'était pas certain d'avoir réussi à faire le deuil de sa mère. En revanche, il était parvenu au bout de celui de son père, des mois auparavant. Il devait maintenant oublier ces interminables mois de décrépitude, de négation, retrouver l'homme/le père/le papa qu'il avait aimé.

Il enlaça les épaules de la petite femme âgée en doudoune violette. Elle pleurait. Une promesse ahurissante, mégalomane mais pressante s'imposa dans son esprit : « Je vais trouver, papa, c'est mon métier. Je vais trouver une molécule pour enrayer cette maladie ! »

Arthur Darrobat démissionna peu après du laboratoire pharmaceutique qui l'employait, à leur surprise et à leur déception. Ils tentèrent d'augmenter son salaire, de lui donner encore plus de responsabilités, sans résultat. Arthur n'avait rien à leur reprocher, si ce n'était leur gamme de molécules. Tournée vers les maladies cardiovasculaires, elle n'entrait plus dans son projet.

Il fut engagé la semaine suivante comme directeur recherche et développement dans un mastodonte pharmaceutique, GSgrünBioMed, spécialisé dans différents secteurs de pointe dont la synthèse de nouvelles classes d'antidépresseurs non addictifs. L'entreprise avait une avance non négligeable en neurobiochimie. GSgrünBioMed, d'abord un laboratoire familial allemand, était devenu un acteur incontournable du secteur après son rachat par de gros fonds d'investissement et la manne des crédits publics.

Lorsqu'il prit ses fonctions après son préavis, il dut admettre que ses préventions contre les gros groupes n'étaient pas fondées, du moins dans le cas de GSgrünBioMed. Sa supérieure directe parlait un français impeccable, avec une trace d'accent néerlandais. Il s'agissait d'une jolie blonde très élégante d'une bonne quarantaine d'années, une bête qui cumulait une solide connaissance de la neurobiologie et un véritable talent pour le marketing. Elle fut limpide dès son arrivée :

— Bienvenue chez GSgrünBioMed, Arthur. Je m'appelle Jana. Nous avons nos manies et nos petites coquetteries, comme tous les grands groupes. L'usage est ici d'appeler les gens par leur prénom mais en conservant le vouvoiement. Nous pensons que c'est plus respectueux. En effet, on a tendance à tutoyer ses pairs mais à vouvoyer ceux que l'on juge supérieurs ou inférieurs sur l'organigramme. Nous souhaitons que tous se sentent bien, parce que tous sont importants, à quelque niveau que cela soit. Bref, je pense que vous ne regretterez pas votre choix. De fait, les gens tels que vous, avec votre CV, votre engagement, nous choisissent, et pas l'inverse, sourit-elle. Nous privilégions l'humain, l'innovation et même… l'instinct. Nous nous efforçons de bannir les schémas, les cadres mentaux. La liberté de penser, de chercher en dehors des sentiers battus, c'est aussi la liberté de découvrir, de faire avancer un projet. Notre hiérarchie est très consciente de cela. Et puis, sans vouloir utiliser des grands mots, nous tentons d'anticiper les menaces auxquelles sera confrontée l'humanité de demain, et elles sont monstrueuses. Vous avez manifesté un intérêt particulier pour la recherche concernant la maladie d'Alzheimer, en raison d'un drame familial récent…

— Mon père.

— Mes sincères condoléances. C'est un défi colossal. Bon, jusque-là, les recherches thérapeutiques ont été assez peu encourageantes, mais qui dit que demain… Il s'agit d'une préoccupation d'autant plus forte que nous sommes tous concernés, directement ou par l'intermédiaire de proches. Nous connaissons tous les terribles histoires, les déchirements, les deuils dus à cette maladie. Encore une fois, l'humain est au cœur de notre métier, c'est notre priorité absolue.

Ils échangèrent ainsi durant une petite heure. Arthur ressortit très satisfait du bureau de Jana, à la fois luxueux et minimaliste, qui donnait sur la Seine. L'intelligence de cette femme l'avait ébloui. Il synthétisa leur entrevue : globalement, il avait toute liberté avec l'enveloppe budgétaire, très substantielle, de son département, mais on attendait des résultats exploitables concernant des innovations déjà sur les rails. S'il conduisait une recherche annexe sans dépasser son budget, sauf accord, la boîte restait à son écoute. Exactement ce qu'il souhaitait.

Quand la vie vous fait croire qu'elle devient paisible (se méfier quand même). Trois ans plus tard, joli appartement parisien, automne.

Arthur Darrobat, trente-cinq ans, sourit en dépit de la pluie fine qui tombait. Il jonglait entre son parapluie, sa sacoche d'ordinateur, son smartphone et le joli bouquet de roses thé, d'un rose à peine orangé, qui ravirait Sophie. Il avait rencontré la jeune femme, une webdesigneuse free-lance, du même âge que lui, lors du vernissage de l'expo photo d'une vague copine commune. Un peu un coup de foudre. En effet, ils n'avaient *a priori* pas grand-chose en commun. Sophie lui semblait à côté de ses baskets la plupart du temps. Quatre mois après leur rencontre, il lui avait proposé de partager sa vie et son appartement du quatorzième arrondissement. Arthur était amoureux, sans doute pour la première fois, d'autant que Sophie ne perdait rien de son « inventivité » en matière de sexe. Charmée par sa proposition, elle n'y avait mis que deux conditions. Elle redécorerait le lumineux trois pièces qui, avoua-t-elle,

« ressemblait à la salle d'attente et au secrétariat d'un ORL de quartier bourgeois ». Et, bien sûr, Baby serait du voyage. Il n'avait jamais imaginé que Sophie abandonne sa chatte siamoise *seal point* adorée. En revanche, l'appréciation de la décoration de son appartement le blessa un peu.

Elle avait apporté quelques objets de son studio, qu'elle avait mis en location, et suspendu des collages en tissu lamé, réalisés par une de ses amies, plasticienne de génie, selon elles (selon Sophie et l'amie). Arthur Darrobat trouvait les œuvres pas mal du tout quoiqu'un peu répétitives. Bon, cela changeait et faisait plaisir à sa compagne. Elle avait également repensé l'espace vie, bref le grand salon.

L'imagination, la drôlerie de Sophie avaient séduit Arthur. Il se savait trop sérieux, trop appliqué, les pieds fermement ancrés sur terre. Trop. Elle apportait une brise de fantaisie, d'imprévu. Hormis cette différence fondamentale de tempérament, ils partageaient certains points communs. Tous deux se revendiquaient « ultra-citadins » mais avec une sensibilité « écolo » qui frisait le grand art lors du recyclage de déchets (Sophie avait acheté quatre poubelles de couleur différente), leur refus de la voiture, ou alors peut-être une électrique un jour. Ils menaient la guerre aux emballages et avaient salué le retour des boîtes à œufs en plastique (sans BPA) réutilisables à l'infini. Ils venaient d'ailleurs d'opter pour le flexitarisme, Arthur refusant d'abandonner complètement la viande, du moins pas tout de suite. Très engagés en faveur de la transition écologique, ils signaient de nombreuses pétitions. Ils se rendaient, avec une régularité digne d'éloges, deux fois par semaine dans leur salle de sport. Ils aimaient les sorties en bande (le samedi ou le dimanche midi, la semaine on bosse, n'est-ce pas ?) pour déguster un brunch ou un verre accompagné de tapas. Bien sûr, ils n'oubliaient pas la nature, notre rapport crucial avec elle, le réapprentissage de notre dépendance avec cette presque entité sans laquelle nous ne pourrions exister et grâce à laquelle toutes les formes de vie s'associent en une sorte de superorganisme. D'ailleurs, cette année, Sophie avait retenu un stage avec une chamane géniale, qui pratiquait l'astrothérapie et le recouvrement de l'âme à l'aide de tambours. Le stage permettait de s'ouvrir à la conscience de toute chose et de cocréer.

Arthur trouva sa compagne assise sur le canapé de lin gris pâle, les pieds sur la table basse au plateau de béton ciré, la chatte lovée contre elle. Son ordinateur portable était posé sur ses cuisses et elle avait chaussé ses lunettes. Elle était si concentrée sur son travail qu'elle parut surprise de son retour. Elle fronça d'abord un peu les sourcils puis lui sourit en refermant son portable.

— Je te dérange ?

— Jamais. Je suis en train de repenser le site d'un client… on va dire carrément casse-bonbons… Rien ne lui va.

— Quel genre de casse-cou… bonbons ?

Il s'approcha, lui tendit le bouquet de fleurs et l'embrassa sur le haut du crâne. Elle pouffa :

— Oh, c'est trop chou… D'ailleurs, j'avais besoin de roses… parce que les hydrangeas du client, j'en ai une indigestion… Tu sais, celui que je suis allée voir en Normandie, il y a un mois.

— Ah oui. C'est quoi « hydrangeas » ?

— La plus connue, c'est l'hortensia. Hydrangeas est leur véritable nom. Et c'est un monde, les hydrangeas, ironisa-t-elle. Il en existe plus de 750 variétés, j'te dis pas ! Le client en question est un des plus gros pépiniéristes spécialisés dans cette famille. Il a des trucs magnifiques, c'est incontestable. Il dessine et réalise des jardins entiers pour des gens qui ont de la thune. Cependant, comment te dire… c'est à la fois un entrepreneur avisé, passionné par ce qu'il fait, et, vu ses tarifs, qui se fait bien payer, mais avec un côté… cul-cul. Le genre qui veut que j'ajoute des petites fées libellules au milieu de ses serres. Bref, complètement mièvre. Je ne peux pas signer la création d'un site comme ça, quoi ! Et pourquoi pas des lutins ou des coccinelles qui parlent, pendant qu'on y est ?

— J'ai toujours beaucoup apprécié la conversation des coccinelles, plaisanta-t-il.

Sophie se leva pour récupérer un vase et passa dans la cuisine. Arthur se déshabilla dans leur chambre et enfila un tee-shirt qu'il avait acheté à la coopérative d'Harvard lors d'un de ses déplacements. Pieds nus, il rejoignit le salon. Sophie leur avait préparé un mocktail[1] au nectar de pêche et au sirop d'agave, allongé de soda pétillant bien frais.

Elle avait rangé son portable et l'enlaça en murmurant :

— Merci pour les roses. Ça me fait vraiment plaisir.

Baby la chatte ouvrit ses yeux bleu turquoise et s'assit sur le canapé en bâillant, indifférente au retour d'Arthur. Il n'avait jamais pensé avoir une passion

---

1. Contraction de « mock » (imiter) et de cocktail. Cocktail sans alcool.

pour les chats, et ce n'était pas Baby qui le ferait changer d'avis. Le joli animal le toisait et, lorsqu'il tendait la main pour la caresser, elle filait, l'air agacé. Pourtant, comme nombre de siamois, elle était bavarde mais réservait ses vocalises, évoquant les cris d'un jeune enfant, à sa maîtresse. Elle se contentait donc de fixer Arthur, clignant parfois des paupières, semblant se demander qui était cette créature masculine et ce qu'elle faisait là.

Ils dînèrent en silence dans la cuisine, terminant le reste de guacamole que Sophie avait préparé la veille, tartiné sur des toasts tièdes et surmontés d'un œuf au plat. La jeune femme paraissait lointaine, préoccupée, au point qu'Arthur déclara d'un ton doux :

— Tu ne vas pas laisser ce client te bouffer la vie, quand même. Envoie-le sur les roses ou les hydra-machins.

— Tu as raison. Il me gave, il me gave grave !

— Il est comment ? Tu lui as rendu visite en Normandie deux fois pour discuter de son site. Il s'appelle comment, déjà ?

— Marc… Marc Levasseur. Euh, voyons… Le genre assez beau mec de quarante ans et des poussières, le cheveu mi-long argenté et un peu frisé, les yeux très bleus. Hâlé dans le style « moi, madame, je suis un homme de terrain ». Surtout un mâle *alpha* qui a un peu trop bien réussi et pense qu'il a toujours raison… ben, parce qu'il a raison. À part cela, courtois, très… Bon, on arrête de parler de moi et de mes petits soucis. Et toi ? Ta journée ? Tes crocus ? Décidément, on fait tous les deux dans la botanique.

— Super… de chez super ! Pour faire court, il existe deux molécules très intéressantes dans le

Crocus sativus, celui dont on extrait le safran. On sait depuis longtemps qu'ils sont antidépresseurs, anti-inflammatoires, anticoagulants, antioxydants, etc. Le safranal et la crocine sont aussi efficaces, à la même dose ou presque, que pas mal de médicaments. Presque aucun effet secondaire, sauf parfois des contractions utérines chez la femme enceinte. Gros problème, le safran coûte la peau des fesses, entre 20 et 40 000 euros le kilo parce qu'il faut cultiver les fleurs et prélever les stigmates à la main. Alors, je ne te dis pas une fois que tu as extrait les molécules qui t'intéressaient et qui doivent représenter 6 à 8 % dudit kilo… Tu multiplies juste le prix par plus de dix. Ça peut le faire lorsque tu utilises un demi-gramme de safran dans des coquilles Saint-Jacques ou dans du riz, pas tous les jours en gélules. On a maintenant un modèle de rat de laboratoire qui développe la maladie d'Alzheimer. L'idée, c'est de tester différents mélanges de safranal et de crocine, ou même d'autres molécules du safran – et il en existe une flopée – avec différents modes d'administration chez ces rats pour voir ce que ça donne. Éventuellement, les transformer chimiquement pour qu'elles traversent mieux la barrière hémato-encéphalique… c'est la barrière qui protège le cerveau de nombreuses substances toxiques, bactéries et autres. Si les résultats sont intéressants, la suite consistera à créer une bactérie OGM pour qu'elle produise à moindre coût et en quantité les molécules intéressantes.

Il comprit à son regard qu'elle avait décroché et lui sourit, amusé.

Le lendemain matin, il remarqua que les roses thé qu'il lui avait offertes étaient devenues toutes molles et piquaient du nez. Impossible, il s'agissait d'un beau fleuriste, cher, qui ne filait pas de la camelote de couloir de métro à ses clients. Le vase était vide et sec. Sophie avait oublié d'y verser de l'eau avant d'y plonger le bouquet. Bon, elle était très stressée. Il balança les roses et rangea le vase. Elle ne le remarqua pas.

Sophie parut s'enfoncer dans une sorte de mauvaise humeur, de nervosité durant les jours qui suivirent. Arthur, amoureux et embêté, finit par lâcher un soir :

— Écoute, tu rembourses l'acompte de ce mec chiant, ce Marc Levasseur. Tu le lâches. Les gens jamais contents, ça va bien un moment.

— Non, non… il faut que j'y arrive. Il faut que je réussisse, quoi. Enfin, si je me dégonfle face à un client… très exigeant – on va dire, pour rester poli –, c'est un très mauvais signal pour moi-même. Je file en Normandie après-demain. J'y resterai deux jours et une nuit. Ça devrait suffire à plier le dossier avec Levasseur. Je passerai la nuit dans un petit hôtel, pas loin de Caen. Rentrer direct après de grosses réunions de travail dans le genre prise de tête, je ne le sens pas. Tu n'oublieras pas de nourrir Baby ni de changer son eau, hein ? Je renouvellerai la litière avant de partir, comme ça, tu n'auras pas à t'en inquiéter avant mon retour. Tu pars ensuite une semaine à Toronto. Oh… on ne va pas se voir durant dix jours au moins, juste se croiser autour de la gamelle du chat !

Il la serra contre lui. Ils firent l'amour cette nuit-là, mais il la sentit tendue, pas vraiment présente. Sophie était une amante fougueuse. Elle lui parut un peu en retrait, ailleurs que dans son corps de femme, que dans son désir, que dans son esprit d'amante. Il se rassura : la réunion avec le sieur Marc devrait arranger les choses. Sans cela, Arthur exigerait qu'elle le plante. Elle n'allait quand même pas se rendre malade à cause de ce type.

Sophie ne lui laissa que deux messages sibyllins, téléphonant en pleine journée alors qu'elle savait qu'il coupait son téléphone la plupart du temps au travail, sauf le midi.

— Arthur… écoute, ça va. C'était un peu difficile, mais je pense que nous allons arriver à nous entendre. Bisous… N'oublie pas de changer l'eau de Baby.

Il tenta chaque fois de la rappeler. Elle était sur messagerie vocale. L'inquiétude d'Arthur grandit au fil des heures. Sophie n'agissait pas comme d'habitude. Elle était lointaine, à cran. Ce type, Levasseur, lui usait la résistance. Elle avait tort de s'obstiner. Elle l'envoyait paître, et basta ! Il ne s'agissait que d'un contrat. Elle en trouverait d'autres.

Il nourrit religieusement Baby, avec les super-croquettes de luxe que Sophie faisait venir de Grande-Bretagne, sans céréales, sans patates, sans… trucs, mais avec d'autres… trucs très bons pour elle. Il changea la litière dès le lendemain du départ de Sophie. La siamoise était du genre exigeant et reniflait son pipi et ses crottes de la veille d'un air de profond dégoût. Il récupéra même les petites boules de papier aluminium, jouets improvisés, que sa maîtresse lui lançait. La chatte cavalait, ravie, dans tout l'appartement pour les rattraper. Ce soir-là, elle le regarda, affligée, et sauta sur un de ses coussins, se couchant en rond, lui tournant le dos sur le mode : « Tu me lâches, mon pote. Je ne suis pas payée pour te distraire. »

Il se réveilla le lendemain, de très bon poil, enthousiasmé par son prochain voyage à Toronto. Son avion décollait demain aux environs de 19 heures de l'aéroport Charles-de-Gaulle. Sophie devait rentrer vers 14 h 30. Elle aurait le temps de lui raconter un peu ses pourparlers avec Marc Levasseur et… plus si elle se sentait d'humeur ! Avant cela, il passerait au bureau, réglerait quelques détails et serait de retour avant midi. Il cligna de l'œil et déclara d'un ton sarcastique à la siamoise :

— Veinarde, va ! Tu vas encore m'avoir pour toi toute seule au moins deux heures avant que Sophie ne rentre.

La chatte, assise sur l'accoudoir du canapé, d'un gris qui lui allait à la perfection, sa queue élégamment enroulée autour de ses pattes, le fixa de son grand regard turquoise. Il y lut une sorte de consternation mêlée d'ennui. « Pas d'anthropomorphisme, mon gars ! Ce n'est pas parce qu'elle a un regard de myope que ça signifie quelque chose. C'est un animal, quoi ! » Bon, il n'aimait pas cette chatte, elle l'emmerdait. Elle avait ce petit côté « Je te toise, tu es à mon service puisque ma maîtresse le dit », mais on n'allait pas en faire un drame. « Arthur, tu es un grand garçon : tu la méprises, un point c'est tout. » L'ineptie de cette pensée le fit enfin sourire. Il parlait d'un chat. D'un petit animal qui n'avait aucun pouvoir (sauf contre une souris, très hypothétique dans un appartement parisien), pas d'un être humain. Il n'avait aucun devoir envers elle, juste la nourrir, changer sa litière, son eau. Arthur n'avait jamais particulièrement aimé les animaux. En réalité, il n'y avait pas pensé avant Baby. Ça existe, on ne doit pas leur faire de mal (sauf les moustiques, là, c'est admis) et ça s'arrête là.

Après sa douche, il se prépara un expresso, debout devant la machine qui trônait sur le comptoir de la cuisine. Il consulta sans hâte son téléphone. GSgrünBioMed avait une politique très respectueuse en matière de messages, SMS, appels. Rien n'est assez important pour déranger un collaborateur à minuit ou 3 heures du matin, hormis la fin du monde, et là, c'est déjà trop tard. Ils respectaient les cycles biologiques de leurs employés, dont le sommeil, et ne leur cassaient pas les pieds avec la dernière lubie d'un sous-chef à la noix pris soudain de l'impérieuse envie de changer la police de la présentation PowerPoint du lendemain.

De fait, il n'avait aucun appel de « GSgrün » – diminutif réservé aux intimes. En revanche, celui de Sophie doucha sa bonne humeur du réveil :

— Arthur ? Je suis retenue par un contretemps. Je ne serai pas à Paris avant demain matin. On ne se verra pas avant ton départ. Donne bien à manger à Baby, mets-lui de l'eau fraîche et change sa litière, s'il te plaît, elle est assez chichi-pompon. Pas envie qu'elle pisse de réprobation sur le tapis. Très bon déplacement, bye-bye.

Il sortit de son appartement. Ces quelques phrases trottaient encore dans son esprit lorsqu'il récupéra une trottinette en *free-floating*, à peu près en bon état. Sophie avait dit : « Arthur » ? Pas « mon minou » ou « mon chouchou » ? « Bye-bye », pas « je t'aime » ou « ouh, ce que ça m'ennuie » ? En plus, elle avait laissé ce message à 2 h 47 du matin, sachant qu'il coupait son téléphone la nuit. En conclusion, elle s'acheminait vers la dépression XXL et il allait y mettre bon ordre dès son retour de Toronto.

Préoccupé, il frôla un homme d'une cinquantaine d'années qui marchait sur le boulevard Saint-Michel. Le type se retourna, furieux, et le poussa d'un geste brutal, au point de presque le faire tomber. Arthur se rattrapa de justesse et hurla :

— Vous êtes malade, ou quoi ?

— Non, j'en ai ras le cul, des trottinetteurs sans gêne ! Les « yaquemoiquicompte » me gavent ! Vous avez renversé ma mère il y a une semaine. Bilan, une fracture. Et le connard sur sa trottinette s'est barré vite fait, sans même tenter d'aider ma mère, de vérifier si elle était gravement blessée ! Le prochain, je lui fous mon poing sur la gueule et, moi aussi, je me barre, c'est clair ? Vous allez apprendre le B.A.BA du civisme, du respect de l'autre ou, sans cela, on va vous l'apprendre. Vous croyez que vous êtes écolo, Dugenou ? Cherchez comment sont produites les batteries de vos trottinettes, qui les produit et comment ça se recycle.

L'homme s'éloigna enfin. Arthur soupira de soulagement. Le type avait l'air vraiment remonté, en plus, il était baraqué. Mais il faut quand même être un vrai abruti pour réagir comme cela.

Bon, sa trottinette marchait toujours, il ne serait pas en retard au boulot.

Quand « l'orage parfait » se prépare et qu'on ne le voit pas venir. Toronto et retour en France.

Il commençait à faire vraiment frisquet dans cet autre bout du monde. Dans quelques semaines, la température deviendrait carrément polaire, du moins pour un Parisien. Arthur ne regrettait pas d'avoir ajouté quelques pulls dans ses sacs de voyage.

GSgrünBioMed avait une antenne « recherche » à Toronto, capitale de la province de l'Ontario. Moderne, vibrante, très attirante pour les créateurs, les faiseurs, les scientifiques, la ville située au bord du lac Ontario est hérissée de gratte-ciel, dont l'incontournable tour CN, dans le Entertainment District, sorte de flèche de plus de 500 mètres de hauteur, qui flirte avec le ciel.

L'élégant bâtiment, faussement industriel, en brique rouge, métal et verre, qui abritait GSgrünBioMed s'élevait dans Adelaide Street, dans la vieille ville, non loin du Hilton où Arthur séjournait lors de ses visites. Le genre d'hôtel parfait, avec piscines intérieure et extérieure, restaurant tout à fait satisfaisant, bars et salons pour se détendre, salle de sport bien équipée, chambres spacieuses, lumineuses, avec très grands lits à l'américaine, pas très innovantes en termes de décoration, mais peu importait. Bref, une sorte de miniville où l'on avait tout sous la main, jour et nuit, sans se faire de nœuds au cerveau.

Arthur avait adoré se replonger dans ce qu'il aimait plus que tout : la science, les questions en série, la recherche. Il faut un esprit un peu particulier pour l'apprécier vraiment. Disons 10 % de mégalomanie (Je vais changer le monde en mieux, si-si.) ; 30 % d'obstination, notamment en cas d'échecs, et ils sont nombreux (Je m'en fous, j'y arriverai !), 60 % de masochisme béat, justement en raison des échecs (Encore une grosse claque ? Pas grave, je suis là pour ça. À quand la prochaine ?). Son travail à Paris était extrêmement intéressant, gratifiant, mais il ne faisait que revoir les protocoles et les résultats des autres, tout en se demandant comment les exploiter. Depuis son arrivée à Toronto, durant ces journées d'intense brainstorming, il avait remis les mains dans le « cambouis de la science ». Et c'est enivrant lorsque la seule chose qui compte, ce sont vos neurones, vos connaissances acquises durant tant d'années, et… votre intuition. Dire une connerie n'est jamais grave, au contraire. Ne pas avoir d'idées l'est. Il avait bien accroché avec une neurobiochimiste, une certaine Adriana Flores. Cette femme connaissait tout de son domaine, et même plus. Elle avait réponse à tout. Elle parlait dans un anglais parfait, mâtiné d'un léger accent mexicain. En plus, elle était jolie, avait une crinière brune très frisée, des mains magnifiques – elle parlait beaucoup avec les mains – et des seins… D'accord, ça ne se dit plus, aujourd'hui. Il n'empêche que les hommes les remarquent toujours, surtout lorsqu'ils sont moulés dans un tee-shirt.

Adriana, qui pilotait la recherche, leur avait fait un exposé éblouissant. Elle y avait mis une fougue, une passion qui avait surpris Arthur, jusqu'à ce que son voisin de table de réunion lui explique que la mère de la chercheuse se mourait d'un Alzheimer. Adriana menait donc aussi une guerre personnelle. C'est dans ce genre de situation que nous sommes les meilleurs, que nous trouvons en nous des forces inattendues, inespérées. Le vrai amour est la drogue la plus puissante de l'humanité, celle qui soulève vraiment les montagnes, grâce à laquelle on peut soudain faire des choses que l'on pensait inaccessibles, hors de nos moyens. On n'a plus peur, on n'a plus mal, on ne soupèse plus le pour et le contre. On résiste/fonce/lutte.

La notion était encore assez théorique pour Arthur, et pourtant.

L'amour, c'est cette mère célibataire, un mystère aux yeux de ses chirurgiens : opérée d'un cancer de la rate, une splénectomie, à une époque où cette procédure chirurgicale balbutiait encore, elle avait vécu quinze ans, alors que les cinq autres patients étaient morts au cours des quelques années suivant l'intervention. Elle était décédée quelques mois après les vingt ans de son fils. Il se débrouillait maintenant seul… elle pouvait lâcher prise. L'amour, c'est cet homme déjà âgé, dont la voiture avait fait une embardée. Il était tombé au fond d'un ravin, en pleine canicule, coincé par la tôle défoncée. Sa femme Angela, son amoureuse de plus d'un demi-siècle, était à l'hôpital, en fin de vie, en fin de combat contre un cancer. Il ne pouvait pas la laisser mourir seule, affolée, alors il allait se cramponner de toutes ses forces. Il était blessé ? Pas grave, Angela était beaucoup plus importante. Un promeneur et son chien l'avaient retrouvé cinq jours plus tard, en plein cagnard. Il était totalement déshydraté, délirait et ne cessait de répéter : « Angela, Angela. » Il était parvenu à accompagner son âme sœur, la femme de sa vie, de l'autre côté, pour qu'elle n'ait pas trop peur. Lui, durant ces cinq jours et ces quatre nuits, n'avait redouté qu'une chose : faillir à Angela, l'abandonner. L'amour, c'est aussi de façon plus simple, presque banale, cette journée pourrie où le monde entier semble s'être ligué contre vous. Et, au soir, son sourire, sa main qui caresse vos cheveux vous tirent un grand soupir de bien-être, puis un sourire sur le mode : « Mouaif, m'en fous. Rien de cette journée n'est vraiment très grave. »

L'amour est la seule magie dont nous soyons capables. Mais c'est une magie à double tranchant. En effet, l'amour est un don, comme l'oreille absolue, ou la mémoire eidétique[1]. Certaines personnes ne l'auront jamais, pour des raisons très diverses : traumatismes lointains et plus ou moins enfouis, crainte de s'exposer, de dépendre de « l'autre aimé(e) », ou même paresse des sentiments. Il s'agit d'un don qui se reçoit parce qu'il s'offre. On ne peut pas être aimé sans aimer, ou alors ça ne dure pas très longtemps. L'amour nourrit l'amour, telle une fleur délicate, précieuse, que chacun peut cultiver en cherchant au fond de lui, si tant est qu'il/elle accepte de chercher. Cependant, la fleur en question est très exigeante et demande des soins constants, des soins amoureux.

---

1. Mémoire absolue ou photographique.

La petite bande de chercheurs, de techniciens dîna dans une brasserie chaleureuse, relookée branchouille. Ils attaquèrent par des cretons, une terrine de porc épicée de cannelle, muscade et clous de girofle (surtout ne pas trop se lâcher parce qu'on la finit en un rien de temps). Arthur opta ensuite pour une part de pâté chinois, qui n'a rien de chinois, *a priori*, mais ressemble fort au hachis Parmentier. Avec ce type d'excellente nourriture roborative, on doit pouvoir aller se rouler tout nu dans la neige par grand blizzard ! La conversation fut à la fois vive, marrante et très scientifique. Il n'y avait que trois « vrais » Canadiens dans leur troupe. Tous s'étaient mis au diapason de leur humeur bon enfant mais pas godiche, amicale sans devenir pesante. À un moment, alors qu'il terminait sa bière, Sophie lui manqua terriblement. Il aurait tant aimé qu'elle soit présente ce soir, parmi eux. Il avait passé un excellent moment et aurait voulu le partager avec elle. Tant pis, il lui raconterait.

De retour dans sa chambre, il zappa la douche : trop mangé. Assis sur le rebord de son lit, il téléphona à Sophie. Elle était encore sur messagerie. Il ne tenta même pas de calculer l'heure française et laissa un message assez jovial :

— Je viens de passer une super soirée après une journée géniale. J'ai presque honte de te dire cela parce que je me doute que le Marc Levasseur t'a épuisé les nerfs. Je t'embrasse fort, je me couche… Je t'aime, Sophie.

Arthur avait profité de quelques heures de liberté pour acheter des petits cadeaux pour Sophie (rien pour sa désagréable siamoise). Quelques livres, dont un de recettes typiques, deux flacons de sirop d'érable, un pot de moutarde à la couleur étrange, une paire de chaussettes-pantoufles décorées d'une tête d'élan (oups « orignal » chez nos cousins d'Amérique du Nord), des babioles qui l'amuseraient. À part cela, depuis le dîner avec ses collègues, il n'avait réussi à lui parler que deux fois de vive voix, quelques phrases parce qu'elle était entre deux rendez-vous.

C'est à regret qu'il quitta le Canada un peu plus tard. Il travailla dans l'avion de retour, dormit quelques heures et se réveilla avec un sourire peu avant la descente sur Roissy. Il avait fait un rêve étrange, sans doute l'influence auditive du ronronnement de l'avion. Pourtant, il ne se souvenait presque jamais de ses rêves. Il était allongé sur l'herbe très verte, environné d'ailes, de grandes ailes fines, comme celles des papillons mais translucides. Il était serein et amusé, bercé par le doux bruissement de ces milliers d'ailes. Tout cela lui semblait normal dans son rêve, une sorte de situation banale. En effet, bizarre, parce qu'Arthur n'aimait pas les insectes ou, plutôt, il s'en méfiait. Beaucoup. On ne sait jamais si c'est dangereux ou pas, si ça va vous casser les pieds toute la nuit avec des « zzz-zzz » incessants, si c'est vecteur de maladies ou inoffensif, si ça risque de pondre dans un reste de pain ou de jambon sec.

Arthur était convaincu par la théorie de « la poubelle » en matière de rêves. Notre cerveau supprime des tas d'informations superflues, accumulées au cours des jours précédents. Elles encombrent inutilement nos circuits neuronaux. Il fait cela à toute vitesse, sans trier vraiment, le seul mot d'ordre étant de balancer la *junk*. Cela forme des séquences d'images que nous tentons d'interpréter au réveil, quitte à leur prêter une logique qu'elles n'ont pas, du moins lorsque nous nous en souvenons.

Certes, certes… mais, parfois, les rêves ne sont pas que la corbeille à papier de notre cerveau. Certains rêves, ou plutôt cauchemars, seraient aussi des simulations des neurones, qui nous préparent à faire face à des situations de menace ou à nous prévenir qu'elles peuvent survenir.

Et puis, existent aussi ces rêves presque dérangeants, d'une rare précision, qui vous laissent un drôle de sentiment au réveil, voire qui vous tirent du sommeil. Même lorsque l'on n'est absolument pas superstitieux, qu'on a la logique scotchée au cerveau, qu'on a lu pas mal de choses sur les neurosciences, la tentation est assez grande d'y voir une sorte de prémonition, l'annonce d'un possible futur. On cherche une clef de déchiffrage et surtout la porte qu'elle pourrait ouvrir. En vain.

Arthur oublia son rêve d'ailes. Il avait hâte de rentrer à la maison.

Quand la « maison », devient juste un appartement parisien.

Il était un peu plus de 16 heures lorsque Arthur parvint devant l'entrée de son immeuble. Évidemment, une soudaine averse l'avait trempé de la tête aux pieds, dès la sortie du RER B.

Il réussi à ouvrir la porte de l'appartement, en poussant ses deux sacs de front afin que Baby ne lui joue pas un de ses vilains tours : foncer sur le palier puis hésiter en haut de l'escalier en le fixant de façon ironique : « Tralalè-reuh… maintenant, tu es forcé de me courir après, parce que si je sors dans la rue et que je me fais écraser, Sophie ne te le pardonnera jamais ! »

Aparté : les interprétations d'Arthur au sujet du félin sont à prendre avec des pincettes, bien sûr. En effet, il ne l'aimait pas et avait donc tendance à lui prêter des mauvaises pensées et à la soupçonner des pires ruses et vilénies. À sa décharge, la Baby en question n'avait rien d'avenant vis-à-vis de lui.

Peut-être comprit-elle que ce n'était pas trop le moment. Toujours est-il qu'il referma la porte sain et sauf, quoique dégoulinant dans le couloir. Au contraire, la siamoise trottina vers lui, queue dressée en point d'interrogation. Elle miaulait de réprobation, alors qu'elle ne lui adressait presque jamais la parole (si l'on peut dire). Elle tourna autour de ses jambes, enchaînant ses longs cris irritants, puis fila vers la cuisine. Sophie n'était pas là, sans doute faisait-elle des courses. Arthur en conçut une fugace déception. Elle connaissait son heure d'arrivée et il s'était imaginé qu'elle l'attendrait, se précipiterait dans ses bras, et tout…

Arthur ôta son pardessus et souleva ses sacs de voyage. Il se dirigea vers la chambre. Baby déboula, pour le coup très mécontente, et lui vrilla les tympans. Un peu interloqué, il la suivit dans la cuisine. Arthur ne connaissait pas encore une loi de base en matière de chat : faire la sourde oreille, résister ne servent à rien. Ils ne lâcheront pas le morceau avant d'avoir obtenu satisfaction. Son bol de croquettes était vide. Il ne restait qu'un fond d'eau dans la coupelle posée sur l'évier, puisque Baby refusait de boire au ras du sol… Pourquoi faire simple, hein ? Il les remplit et passa dans la salle de bains où était poussé son bac à litière. Il souffla : ça puait la pisse et les excréments, et elle s'était soulagée à l'extérieur, sur la serpillère que Sophie plaçait sous le bac. Une brutale panique l'envahit : quelque chose était arrivé à Sophie. Jamais elle n'aurait négligé son amour de chatte ainsi ! D'ailleurs, les derniers messages d'Arthur, peu avant l'embarquement à Toronto puis après la descente sur Roissy, avaient atterri sur sa boîte vocale et elle ne l'avait pas rappelé. Ah merde… peut-être était-elle blessée, à l'hôpital ou… non, non, pas morte, impossible. « Arrête, Dugenou, elle ne peut pas être morte ! Tu arrêtes avec ça ! » La peur le figea durant quelques secondes. Il ne parvenait plus à aligner deux pensées cohérentes. Baby repassa devant lui, sans lui jeter un regard. Elle avait mangé à satiété et, repue, sauta sur le canapé pour une sieste. Il examina fébrilement son smartphone : rien. Il tenta de joindre Anastasia, une très bonne copine de sa compagne, celle qui lui avait offert la chatte bébé, mais tomba sur son répondeur. Un peu bredouillant, il insista pour qu'elle le rappelle au plus vite. Les scénarii les plus improbables se télescopèrent dans l'esprit d'Arthur : peut-être avait-il dit (ou pas dit) un truc qui avait fâché Sophie ? Elle boudait et le lui montrait. Non, pas trop son genre. Elle avait eu un accident, un choc, peut-être traumatique, et était dans le coma, ou souffrait d'une amnésie temporaire, mais rien de très grave. Pourquoi alors personne ne l'aurait-il appelé, ni l'hôpital, ni la police, ni ses amis ?

Il décida de trier et ranger ses vêtements plus pour s'occuper que pour autre chose. Il balança son jean et sa chemise détrempée dans le panier à linge de la salle de bains. Lorsqu'il ouvrit la porte du petit dressing attenant à leur chambre, il lui fallut bien deux, trois secondes avant d'admettre le plus logique, quoique le plus ahurissant. Tous les vêtements, chaussures, sacs, lingerie de Sophie avaient disparu. Comme un fou, il fonça dans le salon et examina les étagères de la bibliothèque : les livres de la jeune femme et les collages en tissu lamé qu'elle avait accrochés aux murs à son arrivée, déclarant dans un rire « Comme ça, je marque mon territoire », manquaient. Il se laissa choir sur le canapé. La chatte ne daigna même pas tourner la tête vers lui. Combien de temps demeura-t-il là, l'esprit vide, en pleine déroute ? Il n'aurait su le dire, mais la nuit était tombée lorsqu'il sortit de son espèce de torpeur d'incompréhension. Baby avait disparu, sans doute pour se coucher sur l'oreiller de Sophie, une habitude lorsqu'elle attendait sa maîtresse. Il alla dans la chambre. De fait, Baby attendait Sophie, lovée sur son oreiller, sa patte repliée avec élégance sur son museau. Il enfila un pyjama, il avait un peu froid. Il rejoignit la cuisine et déboucha une bouteille de vin. Il choisit la première venue dans le porte-bouteille en fer forgé, assez joli, posé sur le comptoir. Il ne connaissait rien au vin et, d'ailleurs, Sophie et lui n'en buvaient presque jamais, hormis, de temps en temps, un verre de *n'importe-quoi-comme-les-autres* lors d'un repas entre amis. Le cahors bio, d'après l'étiquette, ne devait pas être top, ou alors vraiment Arthur était très béotien en la matière, parce qu'il lui râpa le gosier. Toutefois, au bout de quelques gorgées, la sensation devint plaisante. Du moins pas désagréable. L'alcool provoqua vite une sorte de détente. Il se sentit moins en mode défensif, « aucune pensée sombre ne s'impose à mon cerveau. Seules sont autorisées d'accès les plus banales, les plus bénignes. Pas envie d'en prendre plein la figure ! ». Pourtant, LA pensée, cette pensée dont il ne voulait pas, s'incrusta : Sophie l'avait quitté en profitant de son absence.

Il remplit à nouveau son verre et s'échoua sur le canapé du salon. Une courte vidéo de sa compagne, ex, l'attendait sur son téléphone.

Arrière-plan, un beau mur en pierre apparente. Un haut buffet en bois sombre dont il ne voyait pas grand-chose, si ce n'était un large vase en verre posé dessus, comme un bol à poissons rouges, avec des hortensias blancs.

— Écoute, Arthur… je… je suis très stressée, très embêtée… J'ai surtout tenté de nous éviter une scène affreuse… cela ne servait à rien. Voilà… je suis amoureuse de Marc… Marc Levasseur… Ce n'est pas que je ne t'aime plus. Tu restes précieux dans ma vie… mais je ne t'aime pas comme cela… Je pense que… après le choc, tu admettras qu'il n'y avait pas grand-chose entre nous…

Hein ? Non, il était juste amoureux d'elle, pour la première fois de sa vie, avec l'envie d'avoir un enfant d'elle, enfin parfois. Pas grand-chose, quoi !!!

— … Bon, ma liaison avec Marc – ça a été un coup de foudre des deux côtés – date de quelques semaines. Tu as bien dû sentir que quelque chose avait changé… Je ne peux pas continuer à mentir. J'ai envie de vivre avec lui. Je suis très consciente du choc que tu éprouves, de la peine que je te fais. J'en suis désolée, crois-moi. Toutefois, je suis certaine que c'est mieux pour nous deux.

Elle tentait de la jouer dense, concernée, mais au bout de quelques phrases, il comprit qu'elle expédiait une corvée en lui parlant. En plus, il eut la nette impression qu'elle n'était pas seule dans la pièce durant cet enregistrement. Il lutta contre l'envie de pleurer. Il n'avait pas pleuré depuis si longtemps que son chagrin sortit en petits hoquets secs.

— Euh… concernant Baby, là encore je suis désolée. Marc pense qu'il est allergique aux chats. Je ne peux pas la prendre au risque de devoir l'enfermer dans une pièce. Elle serait si malheureuse. Je compte sur toi. J'espère que tu pourras la garder ou alors la confier à des gens sympas. Elle a un beau pedigree. Euh… je te souhaite le meilleur pour la suite, Arthur… vraiment.

La vidéo s'arrêtait là. Il resta assommé durant quelques minutes, contemplant le téléphone comme si sa vie en dépendait. Puis la colère le souleva.

« Ah ouais… Tu me plaques par vidéo interposée (ça évite les discussions houleuses) et en plus tu balances "l'amour de ta vie", ta précieuse siamoise parce que, peut-être, éventuellement, qui sait, ton nouveau mec pourrait être allergique. »

— Jamais entendu parler des antihistaminiques ? hurla-t-il.

Une rage folle le propulsa dans la chambre. Baby leva la tête :

— Pauvre cruche, j'ai une sacrée nouvelle : ta maîtresse adorée te fout aux ordures et moi avec ! Alors, heureuse… ? Je n'ai aucune envie de m'occuper de toi. Je te file à manger et à boire, je change la litière, tu m'évites, ça me va très bien. Ensuite, je vois ce que je fais de toi. Pour l'instant, je te foutrais bien dehors, mais bon ! Je suis sûr que son nouveau mec est bourré de fric ou alors il baise mieux que moi… non, ça, c'est pas possible. Elle a toujours dit que j'étais un super amant.

Cinq secondes plus tard, il s'en voulait et songea : « Pauvre type, je déballe mes prouesses sexuelles à une siamoise. » Et puis, pourquoi s'en prenait-il à cette pauvre bête ? Elle venait juste de se faire jeter, comme lui, sauf qu'elle ne l'avait pas encore compris. Aplatie sur l'oreiller de sa maîtresse chérie, elle dormait dans son odeur. Baby avait sans doute cru que Sophie l'aimerait, s'occuperait d'elle jusqu'à sa mort. Elle aussi était cocue. Pas sa faute. Pas leur faute, ni à l'un ni à l'autre.

Il alluma son ordinateur portable et rechercha des infos sur Marc Levasseur. L'onglet « images » de Google n'était pas avare de photos avantageuses du gars. Ouais, Sophie n'avait pas menti. Beau mec d'une quarantaine d'années, le cheveu mi-long grisonnant et bouclé, les yeux très bleus, le teint hâlé. On le voyait en compagnie d'élus locaux, ou d'inconnus, ou au milieu de ses serres. Quelques articles élogieux lui étaient consacrés dans *Ouest-France*. Lui-même faisait son apologie (on n'est jamais mieux servi que par soi-même) sur une courte vidéo postée sur YouTube. Il se qualifiait de passionné des hydrangeas, de « pionnier » qui avait sauvé de la disparition des variétés, un découvreur à la recherche de raretés végétales, et blabla et blabla. Arthur passa ensuite sur le site de sa pépinière, qu'à l'évidence Sophie avait terminé. La présentation commençait par une petite séquence. Le passionné-pionnier-découvreur souriait, charmeur, yeux semi-clos, dents d'une blancheur pas complètement naturelle. Derrière lui s'élevait un château normand, pas immense mais joliment restauré. La vidéo se poursuivait par la visite d'une serre. Il présentait certains hortensias, d'une voix grave et chaude, une voix de nuit qui devait faire merveille dans des circonstances beaucoup plus intimes.

Exaspéré, Arthur ferma la page. Il fulminait, et on n'est jamais très élégant lorsqu'on est quitté. On peut se laisser aller à balancer des vacheries assez nulles, qui ne font pas trop honneur à leur auteur. D'un ton goguenard, il murmura :

— Et alors, le « pionnier-découvreur », on a peur d'être peut-être allergique au petit chat ? On joue les dames au camélia, ou plutôt à l'hortensia ? Ou serait-ce qu'on craint que la minette pisse sur les hydran-machins ? Le plan « allergie potentielle », hallucinant ! Pas de discussion possible. On balance l'animal. Pauvre mec, va !

Il termina la bouteille. Il se sentait ivre, n'ayant pas l'habitude de boire.

D'un autre côté, en y réfléchissant bien, Sophie était stupide. Son nouveau mec avait un petit château et faisait pousser la fleurette ? Chouette, ça change la vie ! Mais lui, Arthur, était docteur en chimie organique, directeur du département R&D de GSgrünBioMed, un gros laboratoire pharmaceutique très innovant. Il était sur la piste d'un médicament révolutionnaire, peut-être capable de sauver des millions de vies, de soulager des milliards de familles. On se souviendrait de son nom durant des siècles et des collèges, places, et même des gares porteraient ce nom : Arthur Darrobat ! En plus, il avait au moins dix ans de moins que le Marc. Pour couronner le tout, Sophie était parisienne jusqu'au bout des ongles. Elle allait se faire suer à cent sous de l'heure en Normandie, d'autant que le château du nouvel amour semblait à 50 bornes de la première ville… ville, un bien grand mot ! On va dire la petite bourgade dans laquelle ne devaient subsister qu'un boulanger (elle ne mangeait pas de pain ou alors des trucs aux graines de chia ou de courge, farine de châtaigne ou de quinoa), une banque, une entreprise de pompes funèbres, deux magasins de prothèses auditives et un fleuriste très actif lors des enterrements ou des commémorations guerrières. Sophie ne pouvait pas vivre sans son « compositeur de parfums », un artisan parfumeur talentueux, il est vrai. Il créait des jus personnalisés, numérotés pour chacun de ses clients. Elle allait déprimer sec sans sa pédicure-réflexologue ou son cours de *Reformer Pilates* (le nouveau *must-do* en matière de Pilates, faut suivre, quoi !). Quant à se passer de ses traiteurs préférés coréen/libanais/lituanien/érythréen, même pas la peine d'y penser. Au lieu de cela, elle allait découvrir les joies des interminables balades dans le bocage normand, sous la flotte, avec petit sandwich trempé en guise de collation. Bref, elle faisait une connerie, bien fait pour elle.

Et puis, quand il y pensait (en dépit d'un esprit englué dans l'alcool), sans vouloir être méchant, Sophie, ce n'était quand même pas grand-chose. Une petite webdesigneuse comme il en existait des milliers, qui galéraient de minicontrat en microengagement. Elle possédait un bagage intellectuel plus que léger, d'ailleurs elle ne comprenait pas lorsqu'il lui expliquait un truc scientifique. Pire, ça ne l'intéressait pas. D'accord, c'était une assez jolie fille mais il suffit de secouer l'arbre pour qu'il en tombe quinze. Un coup au lit aussi, mais ça ne manque pas non plus. Franchement, plus il y réfléchissait, plus il songeait que cette rupture était sans doute une bonne chose pour lui. Il n'aurait pas pu se réaliser pleinement avec Sophie.

Sans en avoir conscience, Arthur venait de passer par les étapes assez classiques dans ce type de situations : le déni (non, elle n'est pas partie) ; la colère (connards, tous les deux !) ; l'amour-propre blessé (de toute façon, je suis vachement mieux que ce mec et elle s'en mordra les doigts) ; le pansement (une réécriture de l'histoire à son profit : au fond, elle n'était pas à son niveau). Ne lui restait que le terminus du processus, une dernière phase, aléatoire : de longs et parfois douloureux regrets pour ce qui ne serait pas. Si tant était que sa brève histoire avec Sophie les méritât. N'est-il pas surprenant que, parfois, une séparation sentimentale ou amicale que nous redoutions ne laisse finalement pas beaucoup de traces dans nos mémoires ? L'avenir le dirait.

La chatte avait abandonné l'oreiller et semblait transformée en statue quelques mètres derrière la porte, la fixant, la queue enroulée autour de ses pattes. Assise, figée. Arthur avait oublié sa présence.

Il s'endormit comme une masse sur le canapé, après un rapide repas commandé chez le traiteur italien du coin de la rue. Il ne sentit pas qu'au cours de ces heures de sommeil d'ivrogne de petites pattes tournèrent autour de sa tête, que de légers miaulements anxieux tentèrent de le réveiller.

Le lendemain à l'aube, une migraine de pochetron serrait les tempes d'Arthur et il avait la nausée. Une gueule de bois XXL. Il fila dans la salle de bains et s'étudia dans le miroir scellé au-dessus du lavabo. Oh, quelle tête ! Il était fripé de partout avec des cernes sous les yeux, la peau d'une pâleur verdâtre. Il prit une douche presque froide qui lui fit un peu de bien.

Il se traîna jusqu'à la cuisine. Baby était à nouveau assise à quelques mètres de la porte palière qu'elle fixait, immobile. Elle attendait. Elle attendait que Sophie revienne la chercher. La chatte se doutait qu'une chose anormale, dans le genre très douloureux pour elle, se passait. Sa maîtresse avait emporté toutes ses affaires, pas comme d'habitude lorsqu'elle partait quelques jours. Son odeur s'effaçait. Elle n'imprégnait plus que son oreiller. Baby était inquiète, elle commençait à avoir peur. Elle mangea un peu lorsque l'homme dont elle n'avait jamais mémorisé le nom (aucune importance, ce type) lui versa des croquettes. Elle n'avait pas faim. Pendant qu'elle mâchait avec lenteur, Arthur décida de changer son nom.

— Baby, c'est vraiment crétin, quoi ! Enfin, il faut avoir une imagination de lombric pour appeler une chatte comme ça. Pas étonnant de la part de Sophie, tiens !

Il tenta successivement : Lola, Lisa, Sonia, sans succès. Il essaya Bella, songeant que la première syllabe ressemblait un peu à celle de « Baby ». Flop intégral. La siamoise ne tourna même pas la tête vers lui.

— En plus, tu es bouchée. J'ai toujours pensé que les chiens étaient plus intelligents que les chats. Même pas foutue d'enregistrer un autre prénom !

Agacé, il retourna dans le salon. Il était 8 h 02, parfait, personne n'était encore arrivé. Il composa le numéro de Jana, sa boss chez GSgrünBioMed et tomba, ainsi qu'il l'espérait, sur sa messagerie. Se pinçant un peu le nez, il débita :

— Jana… mon séjour à Toronto était enthousiasmant. J'ai d'excellentes nouvelles (il mima quelques toussotements). Vous avez dû recevoir le mémo. À part cela, je vais travailler chez moi aujourd'hui : je pense avoir attrapé un rhume, je me sens un peu patraque. Inutile que je vous le refile à tous. Vous pouvez me joindre sans problème. Dès mon retour demain, je souhaiterais discuter avec vous, si vous avez un créneau… sans blague, Jana, je crois qu'on tient une piste.

Bon, il avait un boulot génial. Il était un des meilleurs dans sa partie, et tous chez GSgrünBioMed le savaient. Des années d'efforts, de travail, de remise en question, de déceptions et de joies aussi. Un des plus grands mystères du cerveau humain semblait à sa portée. Enfin, peut-être. Que pesait une petite nana comme Sophie à côté de cela, avec ses sites idiots de pépiniéristes ou de fringues vintage, avec ses ami(e)s même pas drôles et son pouvoir de concentration proche de zéro ? Rien. Même pas du vent.

En réalité, Arthur passa la journée à intervertir ou dégager des bibelots, à changer les meubles de place, à défaire ce qu'ils avaient fait, à deux, lors de l'emménagement de Sophie. Il aurait bien collé la chambre à la place du salon. Pas judicieux, à cause de la salle de bains. Sur le moment, il pensa que cette activité assez physique lui viderait la tête. Non, puisqu'il s'acharnait à défaire ce qu'ils avaient fait, à deux.

Vers 18 heures, Jana le rappela :

— Ça va mieux, Arthur ?

— Oui, merci. Je pense que c'était un coup de froid, j'ai pris de l'aspirine et un jus de citron chaud. Je suis comme tous les gens dotés d'une santé de fer, jamais malades… Dès que j'ai un bobo, je me demande ce qu'il m'arrive, plaisanta-t-il.

De cette voix de gorge un peu sourde, teintée de son très léger accent néerlandais, qu'il trouvait terriblement sexy, elle déclara :

— J'ai un créneau demain, à 11 h 20. Nous aurons quinze-vingt minutes devant nous. Pas plus. Je pars ensuite pour Hambourg. Ça vous va ?

Jana lui faisait élégamment comprendre que ses souvenirs de Toronto, de l'hôtel, des spécialités qu'il avait dégustées ou même des salariés de GSgrünBioMed ne l'intéressaient pas le moins du monde. Faites-la courte, s'il vous plaît ! Connaissant la lourdeur des responsabilités de sa cheffe, son agenda de ministre, il ne lui en voulut pas un instant. Au contraire, il lui fut reconnaissant d'avoir trouvé ce quart d'heure à lui consacrer, puisque cela signifiait qu'elle avait rogné ces mêmes minutes sur les autres rendez-vous du matin, donc qu'elle le trouvait important. Non qu'il en eût douté.

— Parfait, Jana. Merci. À demain.

Elle avait déjà raccroché.

Bien que refusant de l'admettre, le départ de Sophie le blessait. Il sentait inconsciemment que, s'il écoutait cette blessure, la douleur empirerait. Toutefois, il venait de découvrir le baume, grâce à Jana. Demain, il allait donc discuter avec elle. Elle n'en reviendrait pas lorsqu'il relaterait leurs progrès. Le mémo qu'il lui avait expédié était nécessairement flou. Le piratage industriel n'est pas une vue de l'esprit, même *via* des canaux ultra-sécurisés comme ceux qu'utilisait GSgrünBioMed. Cependant, rien n'est vraiment blindé en la matière, surtout pour des boîtes très innovantes, cible rêvée des hackers, prêts à revendre leurs infos à certains de leurs concurrents. Jana avait dû prendre connaissance d'une sorte d'exosquelette de la conférence d'Adriana Flores. Il imaginait déjà sa patronne, les yeux plissés de concentration, la bouche entrouverte d'impatience. Elle lui couperait sans doute la parole à maintes reprises pour demander des précisions. Elle lui ferait répéter trois fois la même chose pour s'assurer qu'il n'avait oublié aucun détail. Arthur se sentirait alors revivre sous le regard d'épervier de Jana, un regard d'un bleu étrange, qui virait au vert clair en fonction de l'éclairage.

« Allez, dans les poubelles de la mémoire, Sophie ! Tu n'es rien, Sophie ! »

Fort de cette affirmation, il déboucha une autre bouteille de vin, un saumur rouge, pas mauvais du tout, en se promettant de rester raisonnable, *i.e.* de ne pas la vider. Il devait soigner son rendez-vous avec Jana.

Et pourtant, quelques heures plus tard, vers 22 heures, un peu imbibé, il tenta d'appeler son ex. Il s'offrit à lui-même un prétexte acceptable : il allait vider son sac, ce ne serait pas agréable, et elle allait en prendre pour son grade ! En réalité, une petite zone honnête en lui savait déjà qu'il tenterait de la convaincre de revenir. Il tomba bien sûr sur sa messagerie et resta aussi sibyllin que possible :

— Salut Sophie. Je voulais éclaircir deux ou trois choses, dont la chatte. Pourrais-tu me rappeler, s'il te plaît ?

N'y tenant plus, de plus en plus frustré, énervé, il composa à nouveau le numéro de son ex-compagne une demi-heure plus tard. Plus de messagerie, appelant bloqué, ce qu'il convenait de traduire dans ce cas par : « T'es un gros indésirable, lâche-moi ! »

Quand les branches auxquelles on tentait de se raccrocher se brisent tels des fétus de paille. GSgrünBioMed, le lendemain.

Une pluie têtue et froide s'abattait sur la capitale. Arthur dédaigna la trottinette et opta pour le métro. Commençait la saison qu'il détestait : le vent, la pluie, les jours courts, la mine renfrognée des passants, puis bientôt le froid. Il aimait bien le printemps parce que, même lorsqu'il est pourri, il signifie qu'on va vers les beaux et longs jours. L'automne implique qu'on va vers l'hiver. Pas vraiment une perspective réjouissante à ses yeux.

Arthur Darrobat arriva très tôt. Il passa en revue les notes qu'il avait prises à Toronto, but un café, et encore un autre, puis un troisième pour faire bonne mesure.

Bien que luttant contre cette impulsion, il composa le numéro de Sophie : appelant bloqué. Elle avait aussi viré le numéro de la ligne fixe de son bureau. Futé, du moins le croyait-il, il rejoignit la salle de réunion déserte et son téléphone, et tenta à nouveau le coup.

La voix de Sophie au bout de deux sonneries. Surtout rester calme, ne pas lui hurler dessus ou elle raccrocherait !

— Écoute, j'espère vraiment, sincèrement (menteur, gros menteur) que tu seras heureuse dans ta nouvelle vie. C'est juste que je ne sais pas quoi faire de Baby. Je voyage pas mal…

— Je ne peux pas la prendre. Marc est probablement allergique…

— Non, on n'est pas « probablement » allergique. On l'est ou on ne l'est pas. En plus, il existe des antihistaminiques et même des désensibilisations.

Il sentit immédiatement qu'elle s'énervait, sans doute parce qu'elle savait qu'il avait raison. D'un ton plus sec, mais avec un truc dans la voix qui ressemblait à un chagrin refoulé, elle débita :

— Je ne peux pas la prendre, c'est tout ! Trouve-lui un foyer sympa, elle est très belle, pure race.

— Écoute, Sophie, je ne suis pas certain que tu fasses le bon choix. Je ne dis pas cela uniquement par rapport à moi. Mais si un type te contraint à abandonner la chatte que tu aimais, c'est un gros renoncement et pas un bon gage pour le futur. Qu'est-ce qu'il exigera ensuite ?

Un silence. Arthur paniqua à l'idée qu'elle ait raccroché. Puis :

— La ferme, Arthur ! Marc, c'est… c'est aussi parce que je ne te supportais plus, d'accord ? Tu es ennuyeux comme la mort et tu ne t'en rends même pas compte. Gentil, oui, tu es gentil comme tout, mais chi-ant ! J'ai tenté de te le faire comprendre, sans succès. Je suis soûlée de tes conférences vespérales quasi quotidiennes sur les gènes, les enzymes, les polyphénols, les zazatines…

— Xanthines, rectifia-t-il.

— C'est ce que je dis ! Mon vintage te casse les pieds, tu trouves ça crétin, trop « gonzesse » ? Ben moi, c'est ta foutue chimie ! Pas grand-chose d'autre ne te concerne vraiment. Tu fais semblant de t'intéresser à l'écologie – pour me faire plaisir ou avoir la paix. Tu n'as pas d'amis – nous ne voyons que les miens. Tu n'as que des collègues, des pairs.

Il tenta de se défendre :

— Enfin, c'est une grosse part de ma vie, ma passion. Il me semble normal de la partager avec ma compagne, et…

— Et donc, si un jour je vis avec un garagiste-mécanicien, il faudra que je m'ingurgite tous les soirs des histoires de joints de culasse, de carburateurs et de vis patinées ?

— Platinées, c'est…

— Je sais, même que ça s'appelle un rupteur ! J'ai la définition Wikipédia sous les yeux. « Le rupteur est un élément de l'allumage du moteur à allumage commandé, qui coupe périodiquement le courant du primaire de la bobine d'induction afin de déclencher une forte tension électrique au secondaire de la bobine d'induction, permettant de déclencher une étincelle dans la bougie alimentée par le Delco. » Avoue qu'il y a de quoi avoir un orgasme et même plusieurs consécutifs !

— Non, parce que les hortensias, c'est orgasmique ? Rien que d'en parler, je sens un début d'érection, balança-t-il, teigneux.

— Arthur, tu places bien Baby, s'il te plaît. Je t'en serais vraiment reconnaissante. Pour le reste, je n'ai plus rien à te dire.

Elle raccrocha.

Un vide très déplaisant, très profond.

Se dire que l'on est quitté(e) pour un(e) autre est une chose. C'est une claque, sentimentale et aussi d'amour-propre, une baffe parfois énorme et dévastatrice, mais on peut injurier et détester cet(te) autre, se comparer à lui (elle) et se trouver vachement mieux, une fois la phase dépressive passée. Maintenant, songer que l'on a été lourdé(e) à cause de ce que l'on était, là, c'est épouvantable parce qu'on ne peut plus se raccrocher à aucune branche facile. Du moins sur le moment. Or, à l'évidence, des quelques phrases de Sophie, Marc Levasseur n'était pas *que* Marc. Il était un non-Arthur, une sorte de point de chute, peut-être temporaire. La cause était Arthur aux yeux de Sophie. Du coup, il ne pouvait plus complètement détester Marc. Surtout, cela signifiait que Sophie n'avait pas agi sur un coup de tête. Elle ne reviendrait pas.

Non, non ! Il vidait de son esprit sa brève conversation avec elle. Il devait se débarrasser de cette pollution mentale et sentimentale. Son histoire avec Sophie était terminée. Il venait de le comprendre. « Allez, mon vieux, en dépit des bleus à l'âme, on passe à autre chose. » Il avait rendez-vous dans dix minutes avec Jana. Un autre café s'imposait.

Il contempla sa montre, une belle montre, une Tudor avec un bracelet de cuir havane, héritée de son père qui l'avait portée durant vingt ans. Pas un de ces bijoux hors de prix, mais un mécanisme suisse, quasi idéal. Arthur savait qu'il ne pourrait jamais se passer de montre. Vérifier l'heure sur son téléphone ne lui venait pas à l'idée. Et puis, c'est beau, une montre. Tous ces rouages minuscules, si fiables, si précis sont un concentré du génie humain. Des hommes, loupe à l'œil, ont façonné ces rouages durant des siècles, pour les rendre plus performants, conscients que la notion du temps nous était essentielle. Et lorsque la montre prend une minute de retard ou d'avance par mois, on s'inquiète. C'est terriblement émouvant parce que, soudain, on a la démonstration que rien n'est complètement parfait. Et surtout pas nous.

11 h 19. Il se leva, enfila sa veste et gravit l'escalier de métal qui menait à l'étage supérieur, celui des superchefs, puisque lui était un chef mais pas encore un super. Après un léger cognement, il pénétra dans le bureau de Jana. La vue sur la Seine, à la surface brouillée par la pluie, évoquait presque une marine. Elle releva la tête et lui adressa un gentil mouvement de main pour l'inviter à s'asseoir en face d'elle. Comme souvent, elle avait relevé ses épais cheveux blonds au-dessus de son crâne et les retenait à l'aide d'un crayon à papier. Au demeurant, Arthur était certain que ledit crayon ne servait que de longue épingle à cheveux.

— Vous allez bien, Jana ?

— Oui. Et vous ? sourit-elle.

— Super. Je vais faire aussi bref que possible.

Synthétisant au maximum, soulignant habilement les avancées, il résuma ses échanges avec l'équipe de Toronto. Ils avaient obtenu un mélange de caroténoïdes et de polyphénols issus du safran, qui, aidé d'un adjuvant, retardait les premiers symptômes de la maladie d'Alzheimer dans leur modèle de rats. Bien sûr, à l'heure actuelle, il ne s'agissait que d'un « retard », mais extrapolé à notre espèce et si tant était que cette extrapolation fût concluante, cela représentait pour l'instant deux-trois ans d'une vie humaine.

Contrairement à ce qu'il avait imaginé, elle ne plissait pas les paupières ni n'entrouvrait les lèvres de concentration. Au contraire, elle semblait un peu embarrassée. Elle consultait fébrilement son téléphone et évitait son regard. Enfin, elle déclara :

— J'étais informée en temps réel mais je voulais vous conserver la surprise des derniers résultats. Après tout, c'est vous qui avez imaginé le protocole et conduit la recherche. C'est de l'extraordinaire boulot, Arthur, et c'est la scientifique en moi qui l'affirme. (Elle vérifia encore son téléphone et poursuivit :) Cela étant, nous espérions quelque chose de plus… comment dire… novateur. Une molécule ou un mélange de molécules synthétiques, par exemple. Remarquez, vous pourriez isoler les principes actifs naturels et les reproduire synthétiquement de façon… plus absorbable par la barrière méningée, ou… sous une forme à libération prolongée, ou que sais-je ? À partir de là, des tests sur rongeurs deviendraient extrêmement intéressants. Nous n'avons plus que six minutes, je suis désolée. Nous pourrons reprendre cette conversation à mon retour.

— Pourquoi perdre des années et énormément d'argent avec des synthèses, plus ou moins aléatoires en chimie organique, alors que nous sommes sur la bonne voie avec des extraits de la plante ? Bon, ensuite, pour baisser le coût, on peut créer une bactérie OGM qui sécrétera les principes actifs.

— Oui, en effet, la bactérie OGM nous intéresserait vivement. Toutefois, d'après mes rapides recherches bibliographiques, et peut-être ai-je tort, on ne sait pas au juste comment sont produits ces caroténoïdes et polyphénols d'intérêt dans le crocus. En d'autres termes, on ne connaît pas les gènes qui permettent leur synthèse, leur transformation dans la plante en molécules à effet pharmacologique. On ne peut donc pas les introduire dans une bactérie receveuse. Pas avant un bon moment. On en prend pour quinze-vingt ans de recherches très onéreuses, sans garantie…

Il sentit qu'elle hésitait et n'était pas heureuse de ce qu'elle allait ajouter :

— Et puis… nous parlons de substances naturelles, provenant d'une espèce végétale naturelle, bien connue comme telle, dont on extrait depuis des millénaires une épice, c'est-à-dire un mélange de ces molécules. Donc, non brevetables. Nous ne pouvons pas consacrer une telle masse d'argent, colossale, s'il n'y a pas un brevet derrière… avec, à la clef, un traitement pour nous permettre de rentrer rapidement dans nos investissements. Nos actionnaires ne l'accepteraient pas. Je… je suis désolée, Arthur… mais cette recherche telle que vous l'avez conçue s'arrête. Ou vous trouvez un angle d'attaque différent, ou GSgrünBioMed ne suit plus. (Elle se leva, récupéra son sac à main de luxe posé contre le pied de son fauteuil, y fourra son téléphone et les dossiers épars devant elle en lâchant :) On en reparle à mon retour, je dois y aller.

— Jana, on tient le bon bout… Des millions de gens dans le monde ont besoin d'un véritable espoir… Enfin, cette maladie est dévastatrice, c'est un cauchemar…

— Réfléchissez, Arthur. Nous ne sommes pas la recherche publique. Nos impératifs et priorités ne sont pas les mêmes. Nous en reparlerons.

Elle le précéda et lui adressa un sourire vague avant de refermer la porte de son bureau derrière lui, puis fila vers l'ascenseur sans un autre mot.

Il réintégra son espace de travail, sonné. Il ne doutait pas que Jana s'était contentée de lui transmettre la décision finale de sa haute hiérarchie, ces gens qu'on ne voyait jamais et avec lesquels il était illusoire d'espérer un rendez-vous afin de plaider sa cause.

Il repassa en boucle son entretien avec elle, tentant de trouver d'autres arguments à lui offrir dès son retour. Durant l'heure qui suivit, il griffonna toutes les possibilités de protocoles, de changements de méthodologies, de criblage à haut débit[1] des différentes molécules du safran, du moins celles que l'on connaissait, etc. Il consulta sa montre. Il était 7 h 12 à Toronto. Il tenta le coup, sans grand espoir. Adriana Flores était déjà dans les laboratoires et sembla heureuse de l'entendre. Il traduisit à son profit la conversation très décevante qu'il venait d'avoir avec Jana. Elle l'écouta sans l'interrompre, sa respiration devenant de plus en plus audible. Il passa ensuite à l'énumération des idées qui lui étaient venues avant son appel.

Adriana le coupa :

— Arthur, qu'a-t-elle dit au juste au sujet des actionnaires ? Vous pourriez le répéter, s'il vous plaît ?

— Elle a précisé que GSgrün ne pouvait pas investir une masse d'argent colossale s'il n'y avait pas un brevet

---

1. En biochimie, pharmacologie, etc., le criblage à haut débit ou HTS (*high-throughput screening*) permet de repérer et d'analyser des molécules aux propriétés nouvelles, biologiquement actives, stockées dans des banques de données (chimiothèques). Il permet d'aller beaucoup plus vite et de réduire considérablement les « tâtonnements ».

derrière, donc un traitement pour leur permettre de rentrer rapidement dans leurs frais.

Un silence, puis un murmure qu'il ne comprit pas.

— Comment ? Je n'ai pas entendu.

La voix d'Adriana résonna, métallique, furax :

— *Pendejos*[1] *!* C'est la phrase qui compte. Inutile de vous casser la tête, Arthur. Ou vous faites ce qu'ils veulent et tant pis si ça prend plus de temps, ou même si ça échoue, ou alors la recherche en cours part intégralement à la poubelle. Ils veulent de la synthèse afin de pouvoir justifier le prix vertigineux d'un traitement, tout en se garantissant une exclusivité complète le temps du brevet. Vous le savez aussi bien que moi, lorsque l'on part du vivant, la seule façon d'obtenir un brevet consiste à synthétiser les molécules naturelles intéressantes en les modifiant assez, par exemple pour optimiser leur potentiel pharmacologique. Cerise sur le gâteau : breveter la bactérie OGM qui les produira.

Elle avait raison, et Arthur songea qu'il avait fait preuve d'une naïveté qui frisait la bêtise. Adriana reprit, de plus en plus furieuse :

— Leur blabla sur « l'homme est au cœur de notre métier et de nos priorités », c'est de la com', du baratin. Leur logique est celle du profit. D'une certaine manière, tout cela est cohérent de leur point de vue. Lutter contre est voué à l'échec.

Après avoir raccroché, Arthur resta avachi sur son fauteuil de bureau, l'esprit vide. Peu à peu, une immense déception l'envahit : ce en quoi il avait cru, tous ses efforts au cours de ces dernières années venaient de s'écrouler.

---

1. Injure mexicaine signifiant « crétins », « abrutis ».

Après la désillusion vinrent l'aigreur et la colère. Il ouvrit le dossier ultra-protégé de son ordinateur, le copia sur sa clef USB et effaça tous les fichiers. Un fichier que l'on croit « détruit » ne l'est jamais vraiment. On peut le récupérer sur le disque dur sauf si un logiciel d'effacement a réécrit dessus, « nettoyant » complètement les informations que le fichier contenait au préalable. Il le lança puis fourra ses notes écrites dans sa sacoche. Il ne leur ferait pas cadeau de ses derniers résultats, hypothèses, pistes, etc. En revanche, il allait les offrir à deux ou trois chercheurs du public qui travaillaient dans le même domaine, dont il connaissait la compétence et qui respecteraient l'absolu besoin de confidentialité d'Arthur. Ils pourraient en faire bon usage. Terminé, GSgrünBioMed et ses exigences de secret industriel qui ne manqueraient pas. L'objectif concernait tant de vies humaines. Il envoya un e-mail à Jana, sollicitant un rendez-vous, et se leva.

La brève conversation qu'il aurait avec elle se résumerait à : « Je veux une rupture conventionnelle, bien sûr avec des indemnités très supérieures à celles prévues par la loi. En échange, je ferme ma gueule. Combien ? »

Il rentrait. C'est Baby qui allait être contente de le voir si tôt, songea-t-il ironiquement ! Tiens, il n'avait pas ruminé le sujet Sophie depuis plusieurs heures.

Il opta pour une longue marche dans Paris, jusqu'à son domicile. La pluie avait cessé. L'air froid, saturé de pollution, n'arrangea pas son humeur. Il se fit la réflexion que Paris puait de plus en plus. Il avait un peu faim, mais l'idée de s'arrêter dans un restau ou un bar à vin pour manger un petit quelque chose lui déplaisait. Trop de gens, partout, qui faisaient majoritairement la tronche en parcourant fébrilement leur téléphone dans l'espoir que quelqu'un les ait appelés et qui pourtant n'avaient aucune envie de partager quelques mots avec un voisin de table.

Certes, Arthur n'était pas totalement objectif au sujet de la capitale et de ses habitants. Toutefois, il n'avait pas encore conscience que les prendre en grippe était une étape nécessaire à son cheminement.

Il se souvint de la vacherie que lui avait balancée Sophie ce matin : *Tu n'as pas d'amis*. Mais elle non plus, sauf qu'elle l'ignorait, ou alors peut-être un ou deux, et encore. Elle avait des connaissances, de simples relations, surtout professionnelles. Au fond, elle et son groupe trompaient l'ennui et le vertige de la solitude en dînant de temps en temps ensemble, en se laissant des messages par réseaux sociaux interposés.

Sans même le décider, il lança la composition du numéro d'un ancien ami d'école, Benoît, devenu dermatologue. Il ne l'avait revu que de loin en loin et avait même décliné une invitation à son mariage quelques années auparavant.

— Salut, c'est Arthur… Arthur Darrobat. Je me demandais, comme ça, si un jour tu aurais un créneau pour qu'on déjeune… reprendre contact, quoi.

— Ouais ? Ça fait juste trois ans que tu n'as pas donné signe de vie, même pas des vœux de nouvel an, et là, tu te souviens de mon numéro ? Écoute, tu m'excuses, je suis en consultation.

Benoît raccrocha.

Quand on commence à démêler le baratin de la vérité.

Le surlendemain, GSgrünBioMed et les jours suivants.

La conversation d'Arthur avec Jana avait, en effet, été brève. Elle n'avait pas tenté de le retenir plus que cela. Il avait senti que la boîte avait tiré un trait sur lui : pas assez docile, ils risquaient une rébellion, avec lui. Il l'avait quittée sur un sourire de pure forme et un :

— Merci, Jana. J'attends votre proposition et vous envoie une lettre avec AR.

— Bien. Je suis désolée que nous en arrivions là…

— Souhaitez-vous que j'effectue mon préavis ?

— C'est inutile. Nous sommes dans un univers professionnel où seule une immense implication cimente les gens entre eux. Elle n'existe plus de votre côté, à l'évidence, et je ne vous contraindrais pas à un présentéisme passif, qui ne nous arrange ni les uns ni les autres. Un préavis est donc superflu. Je vous envoie aussitôt un e-mail dans ce sens. À part cela, l'ordinateur nous appartient.

— En effet. Je le laisse dans mon bureau.

Il songea : « Vas-y, ma cocotte. Tente de récupérer quoi que ce soit ! »

Lorsqu'il longea le large couloir jusqu'aux ascenseurs, un détail le surprit. Les portes des bureaux de ses collègues étaient fermées et il n'y avait personne, ni à son arrivée ni maintenant. D'étonnante manière, il n'existait personne à qui il avait envie de parler, d'annoncer sa démission.

Les jours suivants furent une sorte d'enfilade d'heures interchangeables. Il dormait comme une souche, jusqu'à douze heures par nuit, errait dans l'appartement, mettait rarement le nez dehors. Rien ne l'intéressait particulièrement : ni les séries sur Netflix, ni les films de cul, ni la musique, rien. Il prenait une douche et se rasait lorsqu'il y pensait. Il nourrissait Baby, changeait son eau et sa litière en pilotage automatique. D'ailleurs, il voyait à peine la chatte dans la journée. Elle était soit scotchée derrière la porte, soit roulée en boule en bas du dressing, sous la tringle vidée des vêtements de Sophie. Peut-être l'odeur de sa maîtresse persistait-elle, non qu'il y eût songé. Il n'avait reçu aucun appel et, lorsqu'il avait à nouveau tenté de joindre Anastasia, la propriétaire de la mère de Baby, pour lui demander de reprendre ladite progéniture : pas de réponse et pas de messagerie. Elle avait elle aussi bloqué son identifiant. Il aurait pu la rappeler en numéro masqué, mais n'en éprouva pas l'envie. Il avait échangé quelques e-mails avec Jana, au sujet de ses indemnités, demandant chaque fois plus. Il attendait le : « Nous n'irons pas plus loin » qui signerait la fin des négociations.

Au soir tombé, planté devant la baie vitrée de l'appartement, alors que l'horizon était zébré de lumières dans tous les sens, un effet de la pollution visuelle, il se fit la réflexion que les mégalopoles sécrètent une solitude et un ennui extraordinaires. Il vivait dans une fourmilière et ne connaissait personne. Certes, il frôlait des milliers d'existences chaque jour, dans le métro, les rues, les magasins, les restaurants, il avait travaillé des années avec des collègues, échangeant des banalités autour d'un café dans la salle de détente de la boîte, tous des inconnus, en réalité. Tiens, si l'idée le prenait d'aller sonner à la porte d'un de ses voisins qu'il croisait parfois et saluait d'une vague inclination de tête, celui-ci ne lui ouvrirait pas, ou alors d'un air ennuyé, en maintenant la porte à peine entrebâillée. D'un autre côté, c'était sa faute : qu'avait-il fait depuis son emménagement pour mériter leur intérêt ? Rien. Au fond, s'il mourait cette nuit, personne ne s'en apercevrait avant des mois et des années, sauf si ça puait trop. Il termina la dernière bouteille, un morgon. Il commençait à boire déraisonnablement. Il ne s'agissait même pas d'un plaisir, plutôt d'un antalgique qui le faisait dormir.

Le lendemain, il se réveilla vers 11 heures. Le spectacle désolant du réfrigérateur dans lequel ne subsistaient qu'un bout de fromage verdâtre et trois yaourts dont la date de péremption était dépassée depuis deux semaines lui fit hocher la tête d'agacement. Celui, tout aussi navrant, des placards (un reste de pâtes sans gluten, un paquet de riz complet bio, un pot de moutarde, une bouteille d'huile d'olive extra-vierge, mais plus de lait, ni de café, ni de thé, juste quelques sachets d'infusion aux fruits rouges) ne lui remonta pas le moral. Il avait terminé tous les paquets de céréales, les mangeant à pleine main, avec un café. Il s'admonesta :

« Arthur, tu te secoues. La déprime, ça va bien quatre jours, après ça lasse ! Si tu fais une vraie dépression nerveuse, tu vas consulter. En revanche, tu nous évites le “Ouink, je suis trop malheureux et le monde entier est méchant avec moi”. »

Étrangement, il n’avait que peu pensé à Sophie, pas eu envie de l’appeler pour lui expliquer ses ennuis. Il avait tourné autour de son propre nombril. Son éviction de GSgrünBioMed – car il s’agissait d’une éviction – avait été son unique préoccupation. Il en vint à se demander si ce qu’il avait pris pour une histoire d’amour ne se résumait pas plutôt à une affaire de confort, d’habitudes et de simplification. La vie à deux coûte moins cher, même lorsque les revenus de l’un sont plus faibles et aléatoires, les tâches quotidiennes partagées sont plus faciles à gérer et socialement, passé un certain âge, être en couple rend les choses plus aisées.

Bien, il prenait une douche, se rasait et sortait pour faire quelques courses. Puis il irait au cinéma ou voir une expo. Allez, on se bouge !

Il paya ses emplettes à la caisse du supermarché qu’ils fréquentaient avec Sophie, en raison de son offre bio, écoresponsable, commerce équitable. Son sac à dos bien calé entre les omoplates, afin de répartir le poids, il remonta sur sa trottinette. Sortir lui avait fait du bien. Il rangerait les commissions dans la cuisine et repartirait au cinéma.

Le sort ou le destin devait en décider autrement !

Arthur ne la vit pas. Il roulait assez vite, mais sans excès, en bord de trottoir. Sa récente altercation avec un passant dont la mère âgée avait été blessée par un trottinetteur lui restait en mémoire, aussi se concentrait-il sur les gens qui marchaient devant lui. Il ne vit pas que la grille d'arbre carrée qui entourait le pied d'un sophora du Japon[1] avait été mal replacée et mordait sur le trottoir, formant une butée de 5 centimètres d'épaisseur. La trottinette valsa côté rue et il tomba de tout son poids, heureusement côté trottoir, au moment où un bus arrivait à vive allure. Crissement lugubre de métal écrasé, cri d'une femme, et une douleur en coup de poignard dans le dos. Arthur tenta de se relever. Son genou droit lui faisait un mal de chien. Un jeune homme se porta à son secours pour l'aider et s'exclama :

— Vous saignez vachement ! Dans le dos. Faudrait peut-être appeler une ambulance.

La conductrice du bus, livide, surgit. Elle répéta :

— Vous saignez ! Votre sweat-shirt est imbibé. J'vous ai pas heurté, pourtant !

— Euh… non.

Elle l'aida à se débarrasser de son sac à dos. Un bruit de verre cassé.

— C'est trempé, remarqua-t-elle. Et ça sent le vin. Vous aviez des bouteilles ?

— Oui, une de vin et deux de jus d'orange.

Arthur jeta un regard vers la trottinette, écrasée sous une roue du bus. Un vertige lui fit fermer les yeux. Il aurait pu être à sa place, pulvérisé ! Plusieurs passagers du bus formaient un petit attroupement. L'un d'entre eux, un homme d'un certain âge, crut judicieux de lancer :

---

1. Ou arbre à miel.

— Je témoigne pour vous, madame ! Il y en a marre, de ces trottinettes. De toute façon, elles sont en tort !

La conductrice qui en avait vu d'autres lui balança :

— Mais lâchez-nous ! Il est blessé. Je soulève votre sweat.

Elle leva délicatement le tissu et sifflota :

— Ouh là… pas mal de coupures. J'espère qu'il n'y a pas d'éclats de verre dedans. Faut peut-être des sutures, hein ? J'appelle notre service accidents.

— Non, attendez, madame, protesta-t-il. Je suis sûr que ce n'est pas grave.

— Non. Non, non, je prends pas cette responsabilité. J'appelle.

Elle disparut. En réalité, Arthur ne se sentait pas bien du tout depuis la mention de saignements qu'il ne pouvait pas voir. Il tituba jusqu'au banc le plus proche, escorté par un autre homme, et souleva la jambe droite de son pantalon troué. Ah oui, gros bobo. Son genou très écorché saignait. Là, ça le rassurait un peu puisqu'il voyait à quoi ressemblait la blessure.

Les passagers du bus avaient tous disparu lorsque la fourgonnette des pompiers pila derrière lui. Un des hommes du feu examina ses plaies et déclara :

— Il y a au moins deux coupures assez profondes. On vous emmène aux urgences à Cochin.

Quand une porte commence à s'entrouvrir, à peine de quelques centimètres.

Hôpital Cochin... et surtout ensuite.

Comme beaucoup d'entre nous, Arthur n'aimait pas les hôpitaux et encore moins les services d'urgence. Dans le second cas, il le découvrait puisqu'il n'avait jamais eu l'occasion d'y mettre les pieds avant. Inutile d'insister sur l'état des urgences dans les grands hôpitaux, tout le monde en a entendu parler. En dépit du professionnalisme et même de la gentillesse du personnel soignant, c'est quand même assez la galère. Arthur devait avoir une vision concentrée d'un univers, pourtant banal, mais auquel il n'avait jamais songé. Des patients en véritable urgence, qui bien sûr passent en premier, ce que n'admettent pas certaines personnes qui imaginent que c'est chacun son tour, par ordre d'arrivée, d'où scandale. Ceux qui y viennent sans penser qu'ils pourraient peut-être acheter une boîte de paracétamol plutôt que d'engorger encore un peu plus un service déjà débordé. Quelques petits vieux qui ne savent même plus pourquoi ils sont là parce que… ben, parce que tout va mal. Des femmes avec jeunes enfants qui ignorent encore si elles vont fondre en larmes ou remercier le Ciel en ressortant avec un sourire. Des gens seuls qui ont peur parce qu'ils n'ont personne pour les rassurer. Bien sûr, des SDF ou des étrangers ne parlant que quelques mots de français et qui tentent d'expliquer leur problème. Des cas psychiatriques qui devraient être pris en charge par un autre service.

Il existait dans ce lieu d'appréhension et parfois de grande souffrance une faune humaine dont Arthur n'aurait même pas soupçonné l'existence. L'épaisse vitre très lisse de sa vie, au fond bien tranquille et très confortable, se fissura. Il accompagna à trois reprises une très vieille dame qui ressemblait à un frêle oiseau aux toilettes durant les quatre heures qu'il attendit. Elle semblait gentille, perdue et s'accrochait à son bras. Elle le remercia avec effusion, et finit par murmurer :

— C'est que… j'ai des fuites, voyez-vous, jeune homme. L'âge… ah, l'âge… on vit trop vieux. On a peur de la mort, on s'accroche alors que… alors que l'on ne vit plus depuis longtemps. Mais j'ai eu une bonne petite vie. C'est ce qui compte, au bout du bout.

Une étrange émotion le saisit lorsqu'il l'aida à se rasseoir.

Un infirmier vint la chercher et Arthur attendit encore. Il ne regardait même plus sa montre. Il ne sortit pas une seule fois son téléphone, contrairement à beaucoup d'autres qui se répandaient auprès de proches sur le temps « qu'ils perdaient dans cet endroit de merde/affreux/déprimant, etc. ». Personne ne l'avait appelé ni ne lui avait envoyé de SMS ou d'e-mails, il en était certain, et il n'avait personne à contacter.

Enfin, une infirmière au visage tiré de fatigue lui fit signe. Il songea que, s'il avait chopé une infection en tombant, elle avait d'ores et déjà atteint l'intégralité de son organisme. On le soigna à la hâte, mais avec précision. Deux coupures nécessitèrent quelques points de suture et il repartit avec une ordonnance pour un traitement désinfectant et antibiotique en plus d'un léger antalgique. L'urgentiste n'avait pas prononcé trois phrases, à part un « Bien, bien, pas d'éclats de verre, votre vêtement vous a protégé, c'est toujours ça ».

L'anesthésique local injecté pour le recoudre lui permit de rentrer chez lui sans trop grimacer. Il trouva une pharmacie encore ouverte à 19 h 30. Le pharmacien se sentit obligé de faire la causette, alors qu'Arthur sentait qu'il s'en moquait comme de sa première boîte d'aspirine vendue.

— Ah, les trottinettes. Ça commence à occasionner pas mal de problèmes. Le plus souvent des bobos, mais c'est parfois plus grave. D'un autre côté, c'est très pratique et ça doit être amusant.

En commerçant soucieux de ne pas se mouiller ou fâcher le client, il devait être dans le ni-ni permanent.

— En effet.

Arthur s'arrêta ensuite dans la petite épicerie arabe au coin de sa rue, dans laquelle ni lui ni Sophie n'avaient jamais mis les pieds : pas de bio, de quinoa, de tofu, etc. Un monsieur d'âge mûr s'avança vers lui en souriant :

— Je vous vois souvent passer devant chez moi. Avec votre femme aussi. Ça n'a pas l'air d'aller très fort, là ?

— Non, j'ai eu un petit accident. Je sors des urgences.

— Ah, les pauvres, ça doit pas être simple. J'aimerais pas être à leur place. Enfin, heureusement qu'on les a, non ? Ma fille, la dernière, étudie pour être infirmière, lâcha-t-il d'un ton réjoui avant d'ajouter : Moi, je trouve que c'est un métier dur, mais c'est son choix depuis qu'elle est toute petite.

— Je ne vous retiens pas ? Il est 20 heures.

— J'ouvre de 8 heures à 22 heures, sept jours sur sept, vous savez. Et je fais les livraisons dans le quartier deux matinées par semaine. Y a pas mal de personnes âgées, c'est lourd, les bouteilles. Elles me donnent leur petite liste, et hop. Pas besoin d'Internet. Sans frais pour mes bons clients. Ça fait trente ans que je les connais. C'est des amis, maintenant. J'ai quelques dames qui mangent souvent du poisson. Je vais le chercher pour elles chez mon copain le poissonnier. Comme ça, elles n'ont pas à se déplacer. C'est très bon pour la santé, le poisson. Mais vous devez être pressé. Allez, je vous laisse faire vos achats. J'aime bien bavarder. Partager un peu la vie des gens, leur faire partager un peu la mienne… la vie, quoi.

— Oui, c'est important, ces petits échanges, approuva Arthur, étonné de sa sincérité.

L'épicier poursuivit :

— On est des étrangers pour tout le monde dans les grandes villes. Votre voisin d'immeuble ne vous reconnaîtrait pas chez le boulanger. Il se dira que votre tête lui rappelle quelque chose, pas plus. Les gens ne se voient pas. Le plus dingue, c'est qu'ils passent beaucoup de temps à chercher des messages sur leur téléphone… On se parle presque plus en vrai. Je crois qu'on ne peut pas bien vivre de cette façon.

La clochette de la porte d'entrée du magasin émit un joyeux carillon. Depuis quand n'avait-il pas vu un truc pareil ? songea Arthur. Une dame d'environ soixante-dix ans, bien mise, pénétra. Elle était toute mince, un peu voûtée, mais son visage s'illuminait d'un large sourire.

— Bonsoir, madame Denise, lança l'épicier. Vous venez plus tôt, d'habitude. Ça va bien ?

— Oui, monsieur Ali. Oh, j'ai passé une bonne journée. Notre mairie avait organisé un thé des anciens. On a regretté votre absence.

— Oui, j'en avais entendu parler… mais bon, le boulot, toujours le boulot.

Arthur en profita pour aller chercher ce dont il avait besoin.

L'épaisse vitre très lisse de sa vie, au fond bien tranquille et très confortable, se fissurait de plus en plus. À la manière d'un pare-brise. Le verre laminé (ou feuilleté) est prévu pour résister aux impacts. On se prend un bon caillou un jour et on ne voit presque rien, juste une petite étoile de verre brisé, pas grand-chose. Le caillou dans son cas n'était autre que GSgrünBioMed. Un éclat, limité, en vérité. On n'y pense plus ni ne fait réparer la paroi de verre épais. Ça tient bien, c'est le principal. Et puis, on se reprend un autre caillou, plus petit cette fois, et les pattes d'araignée du verre qui se brise s'étalent un peu, comme la glace à la surface d'un lac en hiver. Une très vieille dame en forme de petit caillou, terriblement embarrassée à cause de « ses fuites » urinaires. Et enfin, un petit gravier, qui heurte le même endroit : un épicier qui porte un gilet sans manches violet, assez défraîchi, vous parle de la vie, des menus échanges entre humains. La vitre éclate et pleut en minuscules morceaux de verre épais sur le tableau de bord. Et le vent s'engouffre dans l'habitacle. Il amène avec lui des odeurs de vie (dans ce cas, celles du piment, de la noix de muscade et de la cannelle présentés dans des pots sur le rebord de la caisse enregistreuse), des histoires de vie, des visages comme on n'en a plus rencontré depuis longtemps. À cet instant, l'on se rend compte de la perte totale de sens de notre existence.

Mme Denise était partie lorsqu'il paya ses emplettes. Un peu bête, il déclara avant de sortir :

— Moi, c'est Arthur.

L'homme sourit et précisa :

— Moi, c'est Ali. Bonsoir, monsieur Arthur. Soignez-vous bien !

— Merci, monsieur Ali.

Baby, la chatte, l'accueillit avec ses cris irritants de jeune enfant. Elle avait faim. Arthur remplit son écuelle, changea son eau puis passa au salon. Ses blessures commençaient à lui faire vraiment mal et les sutures dans le dos le gênaient à chaque mouvement. Il avala deux cachets d'antalgique.

Il balança son sweat-shirt et son pantalon à la poubelle, sans oublier son caleçon. Il n'en pouvait plus de ces vêtements d'accident, qui en plus s'étaient imprégnés de tant de gens aux urgences, pour certains mal en point, sans oublier les relents du vin et du jus d'orange. Il préférait se débarrasser du souvenir de ces quelques heures. Arthur oubliait qu'on a très peu de pouvoir sur nos souvenirs. Ils ne sont pas là pour nous pourrir la vie ou nous rendre tristes. Au fond, seuls les beaux souvenirs devraient avoir le droit de nous attrister parfois. Un souvenir qui tire encore des larmes aimantes des décennies après les faits est un fil du tissu de notre vie, un morceau de nous-mêmes, une pierre de notre propre construction même si elle a fait très mal à un moment. Étrange, mais vrai. La mort de la mère d'Arthur, certains morceaux de musique classique qu'elle interprétait à la perfection. Ses gaufres immangeables aussi.

Au contraire, les souvenirs moches sont des alertes que notre cerveau conserve et qu'il distille le cas échéant. Il peut s'agir d'un souvenir très important comme : tu en as pris plein la figure avec cette personne parce que tu voulais la croire alors qu'une sonnette d'alarme résonnait mais tu as refusé de l'entendre. Dans le cas présent : tu as fait confiance au discours bien rodé de Jana, fallait vraiment être bête. Elle sert les intérêts de GSgrünBioMed (et amasse de grassouillettes stock-options), pas tes délires de sauveur de l'humanité. Ne pas le comprendre était d'une rare stupidité. Ça peut être aussi un souvenir bénin mais qui semble crucial à notre cerveau qui, rappelons-le, remonte pour partie aux reptiles ou plutôt à leur ancêtre : c'est l'huître dont on songeait qu'on ne devrait pas la manger parce les gouttes de vinaigre ou de citron ne provoquaient aucune réaction chez elle. Goinfre, on l'avale quand même et on se retrouve cloué au lit avec une intoxication alimentaire carabinée. L'étonnant dans ces cas est que, en général, durant plusieurs années, on ne peut plus voir les huîtres en peinture. Elles dégoûtent. Notre cerveau ne veut plus que l'on mange ce machin qui nous a rendus si malades. Il est là pour nous protéger, même contre nous-mêmes. Ensuite, le néocortex, plus réfléchi et qui apprend très vite, songe que plein de gens autour de nous en mangent sans problème et qu'on peut y aller à nouveau. Mais là, on fera attention : si l'huître ne se rétracte pas sous l'effet de l'acide, on la repoussera. Le déplaisant souvenir s'est imprimé dans nos neurones et nous incite à la vigilance.

Il enfila un caleçon et un tee-shirt et s'approcha de la baie vitrée du salon. Les pinceaux des phares de voitures, l'éclairage des rues et les lumières des magasins et des appartements en face de lui. Des taches scintillantes qui ne signifiaient rien. Plus bas dans sa rue, des gens qui avançaient pressés, il ignorait pour quelle raison. Il palpa le double vitrage. Épais, sécurisant, presque imperméable au bruit, à l'air, à l'extérieur, aux autres. Certes, il ne s'agissait que d'une métaphore, le but premier du vitrage étant les économies d'énergie et la protection contre les nuisances sonores. Pourtant, l'image lui convenait, sans doute parce qu'il avait le moral au fond des chaussettes. Sa vie était devenue une cage de verre. Une cage peut être sympa lorsqu'on l'a montée soi-même, sans vraiment s'en apercevoir. Le gros hic, c'est lorsque l'on se rend compte qu'on n'avait pas prévu d'issue. Il déverrouilla son téléphone : rien. Il passa sur son compte Facebook, qu'il n'avait ouvert que parce que des collègues commençaient à le regarder comme un *alien* : « Quoi, c'est dingue, t'as pas de compte, ni Twitter, ni Facebook, ni Instagram ? » Il y faisait un tour lorsqu'il y pensait, rarement. Rien non plus, hormis quelques messages assez génériques de gens qui ne lui évoquaient pas grand-chose.

Il déboucha la bouteille qu'il venait d'acheter chez M. Ali et se servit un verre. Il se laissa choir sur le canapé. Aussitôt, Baby sauta sur ses genoux et se roula en boule sur lui en ronronnant. Arthur balança :

— Inutile de me remercier pour les croquettes. Je ne te sers que parce que ça te coupe un peu le sifflet. Jusqu'à la prochaine fois !

Il déposa la chatte sur un des cousins et passa dans la cuisine. Il considéra les quelques courses étalées sur le comptoir : du jambon, du pain de mie, une plaquette de beurre, une conserve de pâté et une autre de thon, sans oublier trois oranges et un paquet de café. Pas vraiment de quoi faire la fête. Il n'avait pas faim, de toute façon. Il rangea le tout et retourna dans le salon. Il se sentait dans un état bizarre et se demanda si les antalgiques, assaisonnés de vin, n'y contribuaient pas. À la fois très déprimé et terriblement irrité. Un agacement dont il ne parvenait pas à identifier la cause. Non, il ne s'agissait pas de Jana ni même de GSgrünBioMed. La cause en était plus générale, et moins définie. Une sorte d'énorme ras-le-bol. Une image crétine flotta dans son esprit : il se sentait comme un hamster qui a pédalé dans sa roue durant des heures et qui se rend soudain compte que ça ne servait à rien, ne menait nulle part et qu'en plus il est crevé. Et le hamster songe brusquement qu'il pourrait continuer à pédaler comme un abruti jusqu'à sa mort et qu'il ne parviendrait jamais à son but. D'ailleurs, le hamster a-t-il un but ? Sauf qu'Arthur, le hamster-humain, en avait un : réussir sa vie. Il ne savait absolument plus ce que cela signifiait ce soir. Son but avait été, en toute mégalomanie, de sauver l'humanité. Comme beaucoup. Cependant, rarissimes ont été les éclatants succès :

Marie Curie, Louis Pasteur, Alexander Fleming et quelques autres. Il n'avait pas abandonné, même si ce qui avait été durant des années un projet clair s'apparentait maintenant bien davantage à un fantasme. Pourtant, sa terrible déception, cette espèce de sensation très déplaisante d'errer aujourd'hui dans sa vie ne venaient pas de là. Alors d'où ?

Arthur n'était pas (encore) le candidat idéal pour une introspection. Peut-être parce qu'il avait toujours été dans « le faire », pas dans « l'être ». En réalité, comme pas mal d'hommes (mâles), Arthur était parce qu'il faisait. C'est plus simple, plus carré, on voit vite les conséquences. De plus, d'autres autour de nous constatent aussi les résultats, lesquels deviennent donc « objectifs ». Et puis « être » représente quand même un sacré saut en parachute, alors qu'on ne sait pas au juste à quoi correspondent toutes les poignées ni dans quel ordre il convient de les actionner. Le gros avantage d'un parachute, c'est qu'on a conscience qu'il existe une voile de sécurité, au cas où. Du coup, la pétoche légitime lors du premier saut est limitée. Lorsque l'on se parachute dans sa tête et dans sa vie… il n'y a aucune sécurité. Certes, on ne risque pas l'impact avec le sol à une vitesse ahurissante, un choc du genre définitif, mais l'impact avec soi-même peut laisser quelques gros bleus.

Problème : Arthur venait, sans le vouloir et encore moins le souhaiter, de se poser une question « existentielle ». Ses défenses mentales étaient un peu amoindries par l'alcool et les antalgiques. En d'autres termes, son néocortex se sentait tout fringant (pour une fois qu'on lui demandait son avis !), débarrassé de sa muselière habituelle. Arthur fut pris d'un vertige, et les comprimés n'en étaient pas responsables : il existait un trou gigantesque dans sa vie, une béance d'autant plus ahurissante qu'il ne s'en apercevait que ce soir. Depuis la mort de sa mère et celle de son père, Arthur n'avait jamais été. Il avait fait, refait, défait, surfait. L'artificialité induite par le dernier participe le frappa. Il avait lui-même surenchéri, exagéré ce qu'il faisait. La preuve : il ne faisait plus rien depuis quelques jours. Or le monde tournait toujours et personne ne se préoccupait ni de lui ni de ses actes. Le total vide de sens de sa vie le sidéra. Comment se pouvait-il qu'à son âge ses parents défunts demeurent les uniques témoins de sa vie ? Et de sa vie passée, de surcroît ?

La vieille dame des urgences avait murmuré : *Mais j'ai eu une bonne petite vie. C'est ce qui compte, au bout du bout.*

Quand les heures s'ajoutent les unes aux autres et que l'on croit à tort que l'on perd son temps.

Cette nuit-là et les jours suivants.

Arthur Darrobat se réveilla vaguement au cours de la nuit. Les blessures de son dos lui faisaient mal, entre tiraillements et sensation de brûlure. Demain, il filerait jusqu'au cabinet d'infirmières non loin de chez lui pour faire changer ses pansements. Il replongea dans le sommeil avec l'étrange sensation qu'il ne dormait pas vraiment. Il était allongé sur un épais édredon couleur d'herbe fraîche, recouvert d'ailes transparentes qui lui tenaient chaud, toutes douces et soyeuses. Elles semblaient vivantes, frissonnaient. Un rêve plutôt agréable mais si déroutant qu'il se réveilla à nouveau. Baby était lovée contre lui sur le lit. Sans doute était-ce elle qui lui tenait très chaud. Il la repoussa un peu en grommelant :

— Tu me casses les pieds. Je préférais encore lorsque tu m'ignorais.

Les jours suivant passèrent avec une mollesse exaspérante. Il ne faisait pas grand-chose, attendant que les heures se succèdent, hormis se rendre une fois tous les deux jours dans le cabinet d'infirmières. Il avait vu quelques films et séries, s'était un peu baladé. Pas trop : Paris lui tapait sur les nerfs. Il ne voyait plus que la foule maussade, des gens grisâtres parfois agressifs sans même savoir pourquoi, les poubelles municipales dont les détritus débordaient sur les trottoirs, etc. Le bruit permanent lui saturait les tympans. Et puis cette odeur, à la fois prenante mais indéfinissable, entre pollution, remugles de la graille des vendeurs de bouffe, et relents d'humanité. Un mélange dont on songe qu'il est hostile, du moins pas amical. Seul point positif : il n'avait presque plus mal, c'était toujours ça.

Enfin le mail de GSgrünBioMed arriva dans sa messagerie. Jana l'informait de leur dernière proposition financière. Elle avait souligné le terme « ultime ». Elle signait d'un « cordialement » glacial qui veut maintenant parfois dire « va te faire voir ».

Pas mal du tout, il avait bien joué, se réjouit-il. Il parcourut la mouture du protocole d'accord jointe. Ah, ils ne faisaient pas semblant, et ça valait bien la somme très substantielle qu'il leur avait arrachée. En effet, globalement, il ne pouvait parler à personne de ses travaux, ni du personnel de la boîte, ni de rien, et même s'il pouvait oublier jusqu'au nom GSgrünBioMed, ce serait un plus. Il s'engageait formellement à ne jamais critiquer la compagnie dans son ensemble, même à titre privé, sous peine de procès, et à ne pas se faire embaucher par un concurrent direct durant deux ans ni à poursuivre les recherches qu'il avait encadrées au cours de « leur collaboration », puisqu'elles appartenaient à

GSgrünBioMed. Les menaces de poursuites judiciaires pleuvaient à chaque page en cas de manquement de sa part. On n'exigeait pas qu'il signe avec son sang, mais pas loin.

Au fond, il s'en fichait. Une addition rapide des indemnités qu'il toucherait d'eux et de son chômage démontrait qu'il pouvait vivre très sereinement pendant pas mal d'années, surtout avec l'argent qu'il tirerait de la vente de son appartement, intégralement payé grâce à son excellent salaire et à l'héritage venant de ses parents, sans oublier ses économies. L'idée avait fusé dans son esprit. Il ne chercha même pas pourquoi. L'évidence s'imposa, sans tergiversations : oui, il quittait Paris.

Quelques jours plus tard, enfin débarrassé des fils de suture, il se rendit en début d'après-midi chez GSgrünBioMed pour la finalisation et la signature de tous les papiers. Il fut accompagné par une hôtesse d'accueil et un agent du service de sécurité jusqu'au bureau du DRH, puis raccompagné jusqu'à la sortie par le même agent moins d'une heure plus tard, des fois qu'il file dans le premier bureau venu pour copier les fichiers d'un ordinateur sur sa clef USB. Il n'entrevit même pas Jana. S'il avait eu l'intention de tenter d'expliquer sa décision au DRH, déjà croisé à quelques reprises durant ses trois ans dans la boîte, il aurait été déçu. L'autre, ainsi que son collaborateur, s'en fichait totalement. À nouveau, il ne vit aucun de ses anciens collègues. Pas un ne sortit de son bureau pour lui dire « au revoir et bonne chance », hormis une jeune technicienne qui sembla embarrassée, le salua d'un petit mouvement de tête et accéléra l'allure. Arthur Darrobat sortit et marcha vers la station de métro. Il n'était plus qu'une ligne comptable à insérer dans un résultat annuel.

D'étrange façon, il en conçut un soulagement presque déplacé. L'image d'une ardoise gribouillée dans tous les sens, d'une belle éponge humide qui efface tout se forma dans son esprit. L'ardoise est soudain vierge d'inscriptions, noire, neuve. On peut tout réécrire dessus. Une jolie image. De fait, nos vies sont le plus souvent des ardoises. Pourtant, on l'oublie. Tant de choses, inscrites dessus à la craie, peuvent disparaître sans effort ou presque. On peut y tracer d'autres lettres, d'autres chiffres, un recommencement, un nouveau départ, des corrections, des modifications. Ou pas si l'on est satisfait de ce qui s'y trouve.

Arthur venait de découvrir une vérité qui nous échappe parfois. Nous avons souvent le sentiment que nos « bagages » passés sont gravés au burin dans la pierre. Pierre tombale de nos futurs, de nos autres possibilités de vie, de cheminement. Certains bagages deviennent si lourds à traîner, ils nous handicapent, entravent notre marche, nos tentatives. Bien sûr, certains sont indissociables de ce que nous sommes et il serait illusoire de chercher à s'en débarrasser complètement. D'ailleurs, ce n'est pas toujours souhaitable parce qu'il s'agit aussi d'avertisseurs, de témoins lumineux, de piqûres de rappel. Aussi ces sacs de voyage-là doivent-ils être mis à la consigne, dans un recoin de notre mémoire. Ils peuvent servir et, de toute façon, notre nom est tartiné partout dessus à l'encre indélébile.

Cependant, dans nombre de cas, comment se fait-il que les boulets que nous charrions soient parvenus à tisser une telle supercherie, une telle mystification en nos esprits que nous nous croyions obligés de les trimbaler partout, au risque de ne plus avancer, de faire du sur-place dans nos existences ? On ne sait même plus ce qui s'y trouve ni pourquoi c'est arrivé là. Des centaines d'exemples existent, parfois très blessants, parfois plus légers. Dans la plupart des cas, il s'agit de choses superflues, soit parce qu'on ne peut rien y faire, soit parce que la réponse que nous formulerions n'est pas fiable, soit parce qu'il n'émergera rien de bon, de beau, de positif, de « nourrissant » de ce bric-à-brac qui nous encombre. Tel est le cas de la plupart de nos regrets (pas remords) sur ce qui n'est pas, ne sera pas. Le « si j'étais resté(e) à l'étranger, j'aurais eu une plus belle carrière » : qu'en sait-on ? Du coup, nous n'aurions pas rencontré cet homme/cette femme que nous aimons et, pour forcer le trait, nous aurions aussi pu finir écrasés sous un bus à l'autre bout de la planète. Le terrible « ma mère/mon père/mes frères-sœurs » ne m'ont pas aimé(e), en dépit de mes efforts. C'est comme cela et rien de ce que nous ferons n'y changera. Le « si j'avais été un peu plus assidu(e) à l'école, fait de meilleures études, j'aurais un boulot plus gratifiant » : mais qu'est-ce qui t'empêche de faire une autre formation, de bifurquer vers une autre voie ? Dans le cas d'Arthur Darrobat, cela pouvait se résumer à : « je ne pourrai pas sauver l'humanité, ou du moins contribuer à vaincre une affreuse maladie. On ne m'adulera pas et mon nom n'entrera pas dans les manuels scolaires ». D'abord, qui pouvait parier qu'il aurait réussi ? Ensuite, que savait-il de ce que serait sa vie future ? Enfin, il était passé à un cheveu d'un bus quelques jours auparavant. Il aurait pu être tué ou rester cloué dans un fauteuil roulant toute sa vie. Quant à sa relation avec Sophie, ses contours s'estompaient à une vitesse sidérante.

Le moment était venu.

Arthur Darrobat pila sur le trottoir. Il tourna sur lui-même et les vit presque. Les bagages, des tonnes et des tonnes de sacs qui n'avaient pas/plus lieu d'être, de le freiner, de l'alourdir.

Il murmura :

— Terminé. Je vous plante. Marre de vous. Disparaissez.

De fait, il se sentait plus léger en reprenant sa marche. Arthur était bien conscient qu'on ne se débarrasse pas de tonnes de barda inutile, voire inamical, en un clin d'œil. Il faut de la détermination et de l'obstination. Il faut du temps. Mais il était décidé.

Baby trottina vers lui dès qu'il eut refermé la porte de son appartement. Elle y alla d'un miaulement interrogatif, pas un cri péremptoire. Plutôt un accueil.

Il haussa les épaules. Rien à faire de cette siamoise. D'ailleurs, elle aussi était un bagage, un poids mort. Il ne l'avait jamais choisie. Elle lui avait été imposée, d'abord par amour (du moins son illusion) pour Sophie, puis parce que sa maîtresse ne voulait plus de sa « minette chérie ».

Quand la porte cède encore de quelques centimètres. Les jours suivants et surtout le départ.

GSgrünBioMed avait fait preuve de son habituelle efficacité, ou alors ils avaient vraiment envie qu'Arthur dégage au plus vite. Sans doute les deux. En effet, le montant de ses grasses indemnités était arrivé sur son compte en trois jours. Bien sûr, son banquier n'avait pas manqué de l'appeler. Et qu'allait-il faire avec tous ses sous ? Arthur lui avait aimablement répondu qu'il réfléchissait et le tiendrait informé. Pour l'instant, il virait la somme sur un compte épargne avec un intérêt minable, c'était mieux que rien et en plus les fonds restaient disponibles.

Arthur fut pris d'une soudaine fébrilité. Il acheta une petite citadine, contacta une agence immobilière, rencontra deux compagnies de déménagement, obtint leurs devis en un temps record. Il opta pour une solution « premium » (ça fait chic) : il classerait les objets meubles, linge, vêtements, vaisselle, etc. en trois catégories. 1) je garde, vous mettez en cartons et vous mettez en place dans mon nouveau *home-sweet home* ; 2) vous transportez jusqu'au garde-meuble que je vais louer en attendant de me poser ; 3) vous en faites ce que vous voulez. Arthur se sentait grisé. Lui qui aimait l'ordre, l'organisation, sans passion débordante pour les changements (euphémisme, il détestait les changements hormis intellectuels), n'avait pas la moindre idée d'où il atterrirait. Néanmoins, il n'avait plus aucune attache et pouvait aller au gré du vent. Si, il lui en restait une : Baby.

Le compromis de vente fut signé pour son appartement en moins de dix jours. Le dernier signal qu'il attendait, sans vraiment y penser. Il ne pouvait plus revenir en arrière. Très bien.

Une petite bourgade, tranquille, où les humains ont encore le temps d'être des humains, pas des silhouettes interchangeables ; quand même pas trop loin d'une grande métropole en cas de futur boulot, disons dans un rayon de 100 à 120 kilomètres. À proximité d'une ville de moyenne/grosse importance parce que c'est quand même plus pratique pour les distractions, les courses et le reste. Peut-être un jour les écoles s'il avait des enfants… mais quelle idée ! Priorité absolue : une zone très bien desservie par la route et le train. Un trio se dégagea vite : Paris, Bordeaux, Lyon. Il ne connaissait vraiment que la première, qui retint donc son choix. Il flâna sur Internet durant quelques heures, consultant les photos, les sites d'usagers qui notaient les petites villes dans lesquelles ils vivaient sur différents critères depuis les services, la circulation, jusqu'à la sécurité en passant par les espaces verts, etc. (à prendre avec des pincettes quand même). Donc, grande métropole : Paris. Grosse/moyenne ville : Chartres, distance :

une centaine de kilomètres selon les itinéraires. Il nota toutes les petites villes à moins de 20 kilomètres de rayon. Tiens, il y avait une implantation de la SPA, le refuge des Acacias, avec de bons avis, non loin : Amilly. Un signe. Étape suivante, il se baladait et visitait ces bourgades, voire villages.

Il jeta un regard à la chatte assise à moins d'un mètre du canapé, la queue entourée autour de ses pattes. Elle le fixa de ses grands yeux turquoise. Il expliqua :

— Écoute, demain ou après-demain, tu seras débarrassée de ma présence pour toujours. Je te souhaite le meilleur pour la suite.

Quand la solution de facilité n'est qu'une solution de paresse et de lâcheté.

Adieu la siamoise, et des vents fastes pour nous deux.

Le panier d'osier était posé sur la banquette arrière de la citadine. Arthur entendait parfois la chatte changer de position. Cependant, elle était muette depuis leur départ de Paris. Il l'avait bien nourrie avant. Il avait fourré dans le coffre ses croquettes sans blé et ses petites pâtées de luxe, tous les jouets ramassés dans l'appartement, ainsi que son bac à litière, tout propre. Peut-être la SPA en aurait-elle besoin.

Une fois dépassé Rambouillet, il s'inquiéta quand même du silence de Baby et lança :

— Tu es très belle, chère, avec un magnifique pedigree, encore jeune et stérilisée. À part cela, antipathique et hautaine. Et même prétentieuse. Bref, pimbêche comme ta maîtresse qui, en plus, n'était pas très intelligente… sans blague. Tu trouveras vite de bons propriétaires.

Pas de réponse.

— D'un autre côté, soyons cohérents : ce n'est pas moi qui t'abandonne, hein ? Tu n'es pas ma chatte, ne l'as jamais été. D'abord, franchement, je n'étais pas sûr d'aimer les chats, et après notre courte cohabitation, je suis aujourd'hui certain que je n'en aurai jamais. Peut-être un jour un chien, et encore… un chat, jamais !

Arthur Darrobat arriva enfin en vue du refuge, de longs bâtiments bas de béton, entourés d'un haut grillage. Panier à la main, il descendit de voiture et tenta de vider son esprit. Ce début d'après-midi, bien que très frais, était ensoleillé. Un concert d'aboiements de chiens l'escorta jusqu'à l'entrée. Il suivit les pancartes « Accueil » d'une démarche rapide et s'étonna de la soudaine précipitation de son rythme cardiaque. Il remarqua à peine la vaste pelouse entre les bâtiments, réservée à la promenade des chiens, à quelques jeux, et fut surpris par l'absence d'odeurs désagréables. Cette concentration de chiens et de chats aurait dû sentir le fauve, la pisse et les excréments. Pas du tout, preuve que le refuge était bien tenu, ce qui le rassura. Il pénétra dans un petit bureau. Une dame d'un certain âge, très brune, un peu forte, était assise derrière une table. Un grand jeune homme souriant, presque maigre, avec *man bun*, l'air un peu lunaire, se tenait debout à ses côtés. Deux bénévoles, à ce que comprit vite Arthur. Il expliqua l'objet de sa visite, bref, l'abandon de la siamoise, et ne releva même pas qu'il répétait à trois reprises que « la chatte n'était pas à lui, que son ex-compagne l'avait laissée et n'en voulait plus, en conclusion il n'avait rien à voir dans cette histoire ». Il ne lui vint pas à l'idée que, s'il tentait tant de se justifier, c'est parce qu'il se sentait péteux. Il n'avait aucune raison impérieuse de se séparer de l'animal.

Baby commençait à s'agiter dans son panier, sans doute parce qu'elle flairait la multitude de chiens autour d'elle. Enfin, peut-être.

Impassible, la dame hochait la tête. Puis elle déclara d'un ton plat :

— Monsieur, nous sommes là pour cela. Nous consacrons tout notre temps libre aux animaux. Il vaut mieux les abandonner dans des structures comme la nôtre qu'en pleine forêt ou les maltraiter. D'autant que, dans ce cas, ça peut coûter jusqu'à 30 000 euros et deux ans d'emprisonnement pour acte de cruauté. Ainsi, ils ont une deuxième chance. On vous demandera juste une contribution de 80 euros ou plus si vous souhaitez ajouter un don. Nos comptes sont publiés sur le site de la SPA. Elle est vaccinée, stérilisée ?

Elle avait une étrange couleur d'yeux, très foncée, presque noire, d'une rare intensité.

— Oui, mais je n'ai pas retrouvé le carnet. J'ai pourtant cherché partout. Ainsi que je vous l'ai dit (répéta-t-il à nouveau), elle ne m'appartient pas. Sophie… mon ex, l'a pris. Je crois qu'elle… Enfin, elle ne voulait pas de traces de son nom.

— Elle est pucée ?

— Non. Mon ex-compagne l'a eue d'une de ses amies, qui avait souhaité une portée de sa chatte.

— Au fond, ça nous facilite les choses. Pas de changement officiel de propriétaire. Il vous faudra juste signer un bon de remise d'animal.

Parce qu'il était affreusement gêné, il allongea un chèque de 200 euros. Lorsqu'il tendit le panier au jeune homme, Baby lança un miaulement suraigu, d'une puissance sonore ahurissante. Arthur baissa le regard vers le panier. La chatte avait le nez écrasé contre la grille d'osier et le fixait, iris aussi bleus que les siens… pas vraiment… des iris turquoise, les yeux de sa mère Laurence. Arthur lut une véritable panique dans ceux du petit félin. Elle cracha, griffant furieusement la porte du panier. Le bénévole se pencha et murmura :

— Là, tout va aller, ma puce. Ne t'affole pas. Je vais rester un peu avec toi. Après, tu vas te faire des copains et des copines.

Une longue série de miaulements désespérés, très différents de ceux, revendicatifs, qu'elle poussait habituellement. Arthur se sentit blêmir. La dame se leva et précisa d'un ton presque doux :

— Les formalités sont faites, monsieur. Ne vous inquiétez pas, tout ira bien. Au revoir.

Elle le dévisagea de la tête au pied, l'épinglant de son regard presque noir durant quelques infimes mais interminables secondes.

Arthur prit congé des deux bénévoles, se sauva presque et remonta dans la voiture en s'injuriant :

— Merde, ça va, là ! D'abord, non, non, ce n'est pas ta chatte, ensuite, qu'est-ce que tu en ferais et en plus, elle ne t'aimait pas. On ne va pas en faire un fromage, non plus. Enfin… c'est un chat, quoi ! Elle trouvera d'autres maîtres.

Il emprunta une petite route qui rejoignait la départementale menant à Chartres. Il bifurqua d'un coup de volant brusque sur un chemin de terre entre deux champs et pila. Il ne parvenait pas à gommer de son esprit les yeux si bleus de Baby, ses hurlements monosyllabiques qui ressemblaient à s'y méprendre à des pleurs de jeune enfant.

Non, il ne pouvait pas ! Il changeait de vie et ne pouvait pas commencer par un acte nul, évitable. Il allait s'en vouloir longtemps, parce que, s'il était parfaitement honnête, force était d'admettre qu'il avait vraiment pris le petit animal en grippe au départ de Sophie, à cause de son Marc, de leurs hydran-machins, etc. Or Sophie s'estompait si vite et la mauvaise humeur d'Arthur avec.

Il fit demi-tour.

La chatte était toujours dans son panier d'osier, posé sur la table derrière laquelle la dame très brune était assise, non loin du sac de supermarché qui renfermait la fin de son sachet de croquettes et ses jouets. Elle poussait toujours des miaulements de terreur. Les formalités en sens inverse furent rapides. La bénévole déchira le bon de remise et lui tendit son chèque. Il le refusa d'un mouvement de tête et grommela :

— Non, vos animaux en ont plus besoin que nous.

Tiens, Baby et lui devenaient « nous ».

Après le départ d'Arthur, le jeune homme lunaire déclara à la dame d'un ton amusé :

— Je t'avais dit que ce n'était pas la peine de mettre la chatte avec les autres, que celui-ci reviendrait, Éliane. Ça se sent tout de suite pour nous qui connaissons les animaux comme notre poche. Du coup, on flaire aussi les humains. Un type bien, au fond. Il ne sait pas encore qu'il a des ailes. J'espère qu'il l'apprendra un jour. Bon, je vais m'occuper du chenil 2. Nos pensionnaires ont envie de se dégourdir les pattes.

Arthur repartit vers la capitale. La chatte était si paisible qu'il ne l'entendit pas de tout le trajet.

Arrivés dans l'appartement, il la libéra. Elle se dressa sur les pattes arrière et appuya ses antérieurs sur son pantalon. Il la souleva et la tint contre son torse comme un bébé. Elle passa ses deux pattes autour du cou d'Arthur, ainsi qu'elle le faisait avec Sophie, et se mit à ronronner, ses iris turquoise fixant le regard bleu d'Arthur.

« Bon, une bonne chose de faite », songea-t-il, ironique. Rien n'avait changé, ou presque.

Il se trompait. Quelque chose de crucial venait de changer. Cependant, il ne l'apprendrait que plus tard.

Il était devenu un bon client de M. Ali, dont il appréciait le côté débonnaire et philosophe avec les pieds fermement plantés sur terre. Vers midi ce lundi-là, il fit un saut jusqu'à l'épicerie. M. Ali et un homme jeune se bagarraient avec des branches de sapin et des guirlandes qu'ils tentaient d'accrocher en haut des linéaires.

— Je peux vous aider ? C'est joli, cette décoration.

M. Ali le considéra avec un sourire un peu perplexe et précisa :

— C'est Noël dans moins de dix jours, monsieur Arthur. Les branches de sapin, c'est gai et coloré, festif, quoi. Sauf qu'on n'a pas beaucoup d'endroits où les accrocher, c'est bourré comme un œuf, ici. D'ailleurs, j'ai commandé quelques caisses de champagne pour mes clients. Je ne sais même pas où les entreposer. Il est bon, monsieur Arthur… le champagne, et pas trop cher… un petit producteur.

Arthur se sentit bête. Il avait complètement zappé les fêtes. De précieux souvenirs déferlèrent. Laurence, sa mère, adorait Noël. Aidée d'Arthur, elle couvrait le sapin de décorations, jusqu'au moment où Philippe, son père, prévenait : « Il va finir par s'écrouler, et c'est quand même chouette de voir un peu les branches. » Qu'ils soient tous les trois ou que tante Catherine et les cousins les rejoignissent pour le réveillon, Laurence s'activait dans la cuisine durant des jours, afin que tout soit parfait, jusqu'au pâté de lapin aux noisettes qu'elle confectionnait tous les ans pour le déjeuner de Noël. Chaque année, elle jouait un peu les coquettes lorsqu'ils la suppliaient d'exécuter quelques sonates au piano, puis cédait, ravie. Elle passait des heures à élaborer de jolis emballages, plein de poésie, pas l'habituel papier cadeau et son ruban tortillé aux extrémités. Elle y ajoutait des feuilles séchées, des plumes de couleur, des billes de bois, etc. Les félicitations pleuvaient, bien sûr, et elle tapait dans les mains de plaisir, son regard turquoise étincelant. Ah non, il ne pouvait pas rater Noël, en souvenir d'elle. En souvenir de son père. En souvenir d'eux deux.

— Je vais prendre une bouteille de champagne, monsieur Ali… pour Noël.

Il acheta un minisapin déjà décoré de rubans et de boules, une douzaine d'huîtres et deux belles tranches de saumon fumé, une pour lui, l'autre pour Baby. Il se gratifia aussi d'une tartelette au citron meringuée. Noël passa, pas vraiment triste, ni vraiment joyeux.

Il mit à profit cet entre-deux pour visiter la région chartraine, regarder les annonces des agences immobilières, prendre de nouveaux repères. Il écuma les sites d'annonces en ligne, les visites virtuelles guidées ayant sa préférence. Tous les soirs en rentrant, il racontait ses pérégrinations à Baby. Après tout, le déménagement la concernait aussi.

Enfin, il découvrit la bourgade qui lui plaisait, et même beaucoup, à une petite trentaine de kilomètres du sud-ouest de Chartres, Fontaine-la-Thierry. Internet lui fournit quelques précisions : population de 1 732 habitants, une rue commerçante avec boulanger, petit supermarché, bar/tabac, un marché de producteurs locaux et bio tous les samedis, et une jolie église Sainte-Marthe du XVIIe siècle. Le fait que la maire était une certaine Élisabeth Sandrelli, sans étiquette, lui parut un point positif de plus : cela indiquait que les mentalités changeaient dans le bon sens. On aurait gentiment indiqué alors à Arthur qu'il devrait sortir un peu plus, que les zones rurales avaient depuis bien longtemps des élues (avec un « e ») et que d'ailleurs nombre d'entre elles dirigeaient des exploitations, bref, de remiser sa condescendance, qu'il n'aurait pas compris. Hormis deux rangées de pavillons, certains récents, d'autres très années 1950-1960 avec jardinets bien entretenus, petits immeubles bas, et quelques belles maisons bourgeoises de style Louis-Philippe en centre-ville (un bien grand mot), l'habitat à la périphérie était dominé par des fermettes et des longères. Il traversa et retraversa le gros village à bord de sa citadine puis se gara et flâna. Évidemment, à 15 heures en ce mardi, l'activité n'avait rien de fébrile. Pourtant, l'endroit ne suintait pas cette sorte d'ennui des lieux morts qu'il redoutait. Surtout, il régnait une sorte d'ambiance agréable, accueillante. Son choix était fait. Il allait devenir le 1 733e habitant de Fontaine-la-Thierry, que des chiffres qui lui plaisaient, sans doute un signe (on peut en voir où l'on veut, ça ne mange pas de pain)… du moins si un nouveau-né ne le prenait pas de vitesse.

Durant la semaine qui suivit, il visita les biens proposés par deux agences immobilières chartraines. Il accrocha assez bien avec l'agente de l'une d'entre elles, une femme d'une quarantaine d'années, qui avait eu le bon sens de lui demander avant ce qu'il cherchait au juste. Certes, ça semble logique, mais ce n'est pas toujours le cas ! Arthur avait établi sa liste : ancien (ça a fait la preuve de sa robustesse), assez spacieux mais pas immense (il avait une grosse envie d'un home-cinéma, pas de dépenser une fortune en chauffage), un peu de terrain mais pas trop (bonjour la corvée du jardinage), clos (que Baby ne se découvre pas des gènes de grande chasseresse), un peu à l'écart sans être complètement isolé, pas de voisins mitoyens. À la question de l'agente : « Des travaux vous rebutent-ils ? », Arthur avait eu la légèreté de répondre : « Non, vous savez, un peu d'habileté, quelques tutoriels sur YouTube et on peut tout faire avec de l'huile de coude et de l'imagination. »

C'était un peu plus compliqué que cela, et il allait le découvrir.

La dame lui dénicha une perle, une longère certes en besoin de travaux, mais qui n'avait rien d'une ruine abandonnée, tant s'en fallait. Elle insista sur un détail d'importance, qui séduisit aussitôt Arthur : la présence d'un vieux puits à restaurer qui avait jadis servi de lavoir et était alimenté par une source.

— L'eau, monsieur Darrobat, l'eau ! Ça va devenir de plus en plus important. Bon, vous êtes à une petite centaine de mètres à vol d'oiseau de votre premier voisin. Vous aurez la paix sans avoir le sentiment d'être perdu en rase campagne. Tous ces champs, là-bas, un verger et un peu de sarrasin ou de lupin, et même de bourrache, c'est à lui. Sauf celui-ci, après le portillon, qui vous appartient. Il s'agit d'une prairie. Dans tous les cas, c'est parfait pour vous, ce genre de cultures : presque pas besoin de pesticides. De toute façon, je crois que c'est bio… à vérifier. Le système d'assainissement non collectif, obligatoire, a été installé par les anciens propriétaires. C'est une fosse toutes eaux, ça fonctionne très bien. Pas de problèmes de ce côté-là non plus. Ah, j'oubliais, il faut que je ressorte le certificat de ramonage, réalisé juste après le décès de la vieille dame propriétaire. Les enfants ont tout fait dans les règles. D'un autre côté, après deux ans d'inoccupation, je vous conseille d'en faire effectuer un nouveau. On ne sait jamais, entre les toiles d'araignées, des nids d'oiseau et autres.

Arthur, craignant un vice bien caché, s'enquit :

— Pourquoi la maison n'a-t-elle pas été vendue en deux ans ? Elle n'est pas très chère. Bon, des travaux sont nécessaires, mais pas dans le genre énorme, quand même ?

— Elle n'est sur le marché que depuis deux mois et en exclusivité dans notre agence. La dame, veuve, avait trois enfants. Je pense qu'au fond ils n'avaient pas trop envie de vendre… cependant, une maison dans l'indivision, ça coûte quand même de l'argent. La fille aînée espérait pouvoir racheter leurs parts aux deux autres. Et puis son mari a été muté au Japon. Du coup, ils ont décidé de vendre. Mais en effet, le gros œuvre est très sain. Le toit n'est pas récent, mais non fuyard. Je ne dis pas que dans dix-quinze ans il ne faudra pas y penser.

Rassuré, Arthur signa le compromis de vente dans la foulée.

Quand on ne se rend pas compte à quel point on vient de franchir une étape cruciale.
Trois mois plus tard.

Durant les semaines qui suivirent, il tria ce qu'il garderait et ce dont il se séparerait, pas mal de choses. Il avait envie de changer, de renouveau, d'autre chose. Baby le suivait un peu partout, se roulait en boule au fond des cartons qu'il s'apprêtait à remplir (les choses qu'il chargerait dans la voiture) et il se rendit compte qu'elle avait peur. Il la rassura comme il put :

— Écoute, si je ne t'ai pas abandonnée à la SPA, ce n'est pas pour te laisser dans l'appartement.

Au fil des jours, il s'aperçut qu'il parlait de plus en plus à la chatte, qui semblait l'écouter avec attention.

Le déménagement s'était relativement bien déroulé : bonne surprise, c'est en général un emmerdement majeur (presque un pléonasme). Il rejoignit la capitale avec les déménageurs, pour faire une dernière inspection de son appartement. Il n'avait gardé qu'un mince matelas de mousse, une couette, de quoi se préparer un café et expédier une toilette minimale. Dès demain matin, Baby et lui quittaient Paris aux aurores pour Fontaine-la-Thierry.

Sitôt arrivé dans sa nouvelle demeure, il déballa ses cartons et s'en voulut d'avoir gardé si peu de meubles et objets de son ancien appartement. C'est clair qu'on peut entasser plus de choses dans une bâtisse de 250 mètres carrés que dans un trois pièces parisien de 70 mètres carrés. Une fois qu'il eut tout rangé, il eut l'impression de vivre dans une maison désertée. Sa jolie table six couverts assez massive, avec billes de bois cubiques comme chaises, style pseudo-suédois en chêne brut, disproportionnée à Paris, était perdue au milieu de la vaste pièce avec cheminée qui deviendrait le salon-salle à manger. Ses quelques bibliothèques de livres et DVD avaient un petit côté pingre. Le canapé trois places en lin gris devenait rikiki. Quant à la table basse au plateau de béton ciré, on aurait dit un timbre-poste égaré. D'ailleurs, son installation avait été vite pliée. Certes, les déménageurs avaient disposé les meubles en suivant ses instructions, s'acquittant du plus gros du travail. Même en récupérant les quelques cartons entreposés dans le garde-meuble, le résultat risquait de virer au minimalisme déprimant.

Il décida d'imiter Baby, qui s'était lancée dans un long « tour du propriétaire » précautionneux, et ronflotait maintenant sur *son* canapé, celui qu'elle acceptait de prêter à Arthur. Il établit deux listes (longues, très longues) : 1) tous les travaux de bricolage à entreprendre 2) tous les achats urgents : outils, peinture, enduit, meubles, linge de maison, robinetterie, etc. Il visait grand puisqu'il saurait bientôt tout réaliser, grâce à ses évidentes (quoique bien cachées) capacités ès bricolages divers et variés et à YouTube. Ça commença plutôt mal. Il se rendit compte qu'il se trouvait en zone grise, devait sortir au milieu de la cour à l'arrière de la maison et se rapprocher du portail principal ouvrant sur le sentier communal pour capter un signal (pas pratique pour l'ordinateur ou en cas de grosse averse). Il lui fallait changer d'opérateur pour obtenir une couverture correcte. Simple ? Pas vraiment.

Il déjeuna des sandwichs qu'il avait apportés et des dattes offertes par M. Ali lorsqu'il était passé pour lui dire au revoir et lui annoncer son départ. Il avala une bonne tasse de café instantané. Ce début d'après-midi était particulièrement frais, pour ne pas dire glacial. En dépit de toutes ses bonnes résolutions (allez, on s'endurcit, on n'est pas une pauvre petite chose frissonnante, contrairement à la siamoise enfouie sous le plaid du canapé et dont on ne voyait plus que la truffe), il lança le programme chauffage de la chaudière à gaz. Il suffisait d'appuyer trois secondes sur le bouton. Les radiateurs de la grande pièce se réchauffèrent en moins de dix minutes, avec quand même des bruits assez étranges. Sans doute un problème de purge, il avait lu ça quelque part et s'en occuperait demain. Bien sûr, Arthur Darrobat consultait son téléphone presque chaque quart d'heure pour savoir si oui ou non sa connexion était meilleure. Raté !

En réalité, deux heures plus tard, il pataugeait dans l'eau. Trois radiateurs s'étaient fendus durant les longs hivers sans occupants donc sans chauffage. Arthur ignorait ce qu'était le « hors-gel ». Il fila arrêter la chaudière, bascula le robinet d'arrivée général d'eau qu'il découvrit au fond d'un placard de la cuisine et épongea l'inondation. Il se planta derrière le portail pour parvenir à appeler le plombier du coin, qui, bien sûr, ne pouvait pas se déplacer avant trois jours. Lorsque Arthur insista, en précisant qu'il n'avait plus d'eau, l'homme assez débonnaire suggéra :

— Attendez… la Grande Bûcherie, c'est bien cela ? C'est moi qui ai installé la chaudière du temps de la vieille dame. Oh, y a bien une quinzaine d'années de ça. Elle est pas récente, et puis la mamie n'attachait pas son chien avec des saucisses. C'était déjà pas du matériel haut de gamme…

Arthur, n'ayant aucune idée que cette expression désignait des gens pingres, se contenta d'un peu compromettant :

— Ah bon ?

— Faudra penser à en changer, d'autant que les modèles actuels sont beaucoup moins voraces en gaz. Ou alors, carrément passer sur une pompe à chaleur, à voir. À part ça, pour votre problème d'eau, *a priori*, ce n'est pas le même circuit. En plus, le robinet extérieur, celui de la cour, est branché avant l'arrivée principale dans la maison. Vous devriez avoir de l'eau, froide, en attendant.

— On peut prendre rendez-vous pour discuter des options ? En effet, inutile de rafistoler un vieux clou qui risque de retomber en panne.

— Ce soir, vers 20 heures ?

— Parfait, je vous remercie.

Miracle, en effet, il avait de l'eau. Tout ne pouvait pas fonctionner comme sur des roulettes lors d'un emménagement. Rester serein, prendre les choses du bon côté, tout trouve une solution. C'est du moins ce qu'il faut se dire. Pourtant, il commençait à vraiment faire froid, le jour déclinant. Qu'à cela ne tienne. Après tout, chaque pièce était dotée d'une cheminée et, si les générations passées s'étaient ainsi chauffé, il pouvait en faire autant. Heureusement, il restait un beau tas de bûches bien sèches dans le bûcher attenant à la maison. Manque de chance, les bûches « non règlementaires » mesuraient plus de 1 mètre, voire 1,50 mètre de longueur quand les cheminées, pour la plupart Louis-Philippe, ne pouvaient accueillir que des bûches de 40-50 centimètres. En plus, il n'avait pas de scie (mais c'était sur sa liste). Il repéra une vieille hache rouillée au fond du bûcher. Il parvint à sectionner quelques bûches en trois heures de travail acharné. Certes, il n'avait plus froid et était même en nage. Il se rassura : avec ça, il devrait tenir toute la nuit.

Erreur ! Sa dizaine de petites bûches ne tint pas plus de quelques heures. Et Arthur découvrit que, à moins de se coller à proximité d'une cheminée ouverte et de ne plus s'en éloigner, ben… ça chauffe très mal. Ça sent bon, c'est agréable, mais pour le chauffage d'une grande pièce, tintin !

Il se réveilla le lendemain, gelé et perclus de douleurs. Ses muscles protestaient contre cet afflux brutal de contraintes physiques et se manifestaient en courbatures vachardes. Il avait un peu mal à la tête. Allez, un petit échauffement, un bon café et tout irait mieux. Il allait faire chauffer un peu d'eau sur la cuisinière laissée par les anciens propriétaires, qui devait dater d'avant le Déluge mais fonctionnait, pour se faire une brève toilette et se laver les dents. Encore tout faux ! Après avoir émis une jolie flamme bleue durant quelques secondes, le brûleur s'éteignit. Perplexe, Arthur testa les trois autres, en vain. Un vieux souvenir de vacances d'enfance lui revint : la bouteille de gaz devait être vide. Il eut un mal fou à desserrer l'écrou entre le détendeur et la bouteille (note mentale, acheter une pince *ad hoc*) et revissa l'espèce de gros truc (la poignée de transport) qui traînait derrière. Il regarda, consterné, ses mains enduites d'une graisse maronnasse (dont on enduit l'intérieur de la poignée pour éviter que, mal vissée, la bouteille ne tombe sur les pieds). Zen, pas de problème.

Il décida d'aller prendre un café au bar-tabac du village.

Il rencontra sa première villageoise, la patronne du Bar des Amis, une robuste femme entre deux âges, fascinée par le nouvel arrivant. Elle lui servit un café noisette, et beurra deux généreuses tartines.

— Moi, c'est Muriel, avec un seul « l ».

— Enchanté. Arthur. Madame Muriel…

— Non, non, pas de chichis, « Muriel tout court ».

— Où puis-je remplacer une bouteille de gaz vide ?

— Chez Sandrine et Cédric, les garagistes, à une dizaine de kilomètres après la sortie de Fontaine-la-Thierry, en direction du Mans. Ils sont fiables et corrects sur les prix. Au cas où… pour votre voiture.

Sandrine, une jeune femme avenante, vérifia :

— Propane ou butane ?

— Il faut que je choisisse ?

Elle le regarda, sidérée, et rectifia :

— Euh, non. Le tuyau de raccordement et le détendeur ne sont pas les mêmes. L'utilisation non plus, d'ailleurs. Le propane, c'est dehors. Le butane dedans, parce qu'en dessous de 0 °C, le gaz ne sort plus. Vous êtes en vacances chez nous ?

— Je viens de m'installer à la Grande Brûlerie.

— Ah, le Parisien ! s'exclama-t-elle (tout s'expliquait). Cette bouteille est utilisée à quel endroit ?

— Dans la cuisine.

— Donc, c'est du butane. On va quand même vérifier.

Elle dévissa la poignée de transport (sans se tartiner les mains de graisse, elle) et souffla :

— Ouais, butane… vous avez eu du bol. La bouteille était vraiment vide.

— Comment cela ?

— Le bouchon d'arrivée de gaz, ici… ça se referme avant toute manipulation. D'ailleurs, il faudra l'ouvrir lorsque vous aurez terminé l'installation de la nouvelle. Et si vous vous absentez durant quelque temps, refermez-le. On ne sait jamais. Vous saurez remonter la bouteille ?

— Euh… je devrais me débrouiller.

— Non, pas avec le gaz. On ne se « débrouille » pas avec une bouteille pleine. Je vous montre. C'est tout simple. Il faut juste faire un peu attention.

Elle fila chercher une pince multiprise et y alla d'une démonstration en soulignant :

— Il faut bien revisser l'écrou du détendeur, et si ça sent le gaz, vous fermez immédiatement la bouteille.

— Je n'ai pas de pince, avoua-t-il un peu penaud. Je vais en acheter une tout à l'heure… avec quelques outils…

La jeune femme haussa légèrement les épaules et proposa :

— Bon… Je vous prête une des nôtres. Soyez gentil de la rapporter.

L'opération changement de bouteille, quoique longue, se passa au mieux.

Il mit ses petits soucis domestiques, sans oublier sa quasi complète déconnexion involontaire, à profit pour faire ses courses « à la grande ville ».

Il se félicita de son choix : Chartres n'avait rien d'une belle endormie provinciale. On y trouvait toutes les grandes enseignes de bricolage, pas mal de magasins de meubles et décoration. Il déjeuna dans une petite brasserie fort sympathique, le genre menu pas cher pour employés du coin. La carte ravit Arthur. Cela faisait des années qu'il n'avait pas vu ce type de plats dans les restaurants parisiens : œuf mimosa ou terrine de campagne maison ou céleri rémoulade avec cervelas (il passa son tour, se demandant s'il y avait de la cervelle dedans[1]) ; puis andouillette ou steak ou jambon braisé, le tout avec frites. Et pour finir, mousse au chocolat ou poire au vin ou tarte. Il se régala. Le patron, un grand brun nerveux, connaissait tous ses clients et en tutoyait la plupart. Il lui offrit le café.

La voiture chargée à ras bord, Arthur rejoignit sa nouvelle demeure.

Il avait acheté deux radiateurs électriques, un gros pour le pousser la nuit vers le lit et un petit pour Baby qu'il installerait à proximité de sa corbeille. La chatte ne sortait presque plus la tête du plaid qu'elle enroulait autour d'elle, ni d'ailleurs des couvertures sous

1. Il y en eut, d'où son nom. Elle était faite de viande de porc et de cervelle de bœuf, jusqu'à l'interdiction au moment de la vache folle.

lesquelles elle se faufilait la nuit pour se plaquer contre Arthur. Et il n'avait pas oublié la scie. La corvée bûches serait plus simple… Sauf qu'il s'agissait d'une scie à métaux, mais il ne connaissait pas la différence. Or, pour couper du bois, rien ne vaut une scie à bois ou, luxe, une tronçonneuse, c'est moins fatigant. Manque de bol, l'idée géniale de la tronçonneuse venait seulement de lui traverser l'esprit.

Il contempla son tas de bûches ridicule. Une grosse vague de découragement l'envahit. Globalement, depuis son arrivée, tout foirait. Il avait mal partout, il était gelé.

Un peu d'optimisme lui revint le lendemain matin, lorsqu'il constata que sa connexion était bien meilleure. À lui les astuces de YouTube et les commandes avec livraison ultra-rapide ! Et pour commencer, celle d'une rutilante tronçonneuse. Il découvrit un monde qu'il ne soupçonnait même pas, avec un nombre sidérant de modèles, et opta pour un appareil électrique, sur batterie et sans fil.

Histoire de se réchauffer, il décida de s'atteler à sa liste « bricolage ». Il commença par la peinture du salon-salle à manger, certes pas le plus urgent, mais le papier peint à grands motifs floraux pastel, qui devait dater d'un demi-siècle, lui filait le bourdon. Il dilua son produit décolleur comme indiqué et détrempa une bonne moitié du mur, en ayant pris soin de couvrir le sol et couper le courant au compteur en cas de fils dénudés ou de prise électrique dissimulée (merci les vidéos, il n'y aurait pas pensé sans cela). Après quelques minutes, des bouts entiers de lès s'arrachèrent sans difficulté à l'aide d'une spatule. Ça allait beaucoup plus vite qu'il ne l'avait redouté. Jusqu'au moment où un pan entier du plâtre s'abattit à ses pieds. Un large pan. Deux heures plus tard, presque tout le vieux plâtre du mur jonchait le sol. La galère ! De ce qu'il avait vu, il allait devoir tout replâtrer, poncer, enduire et reponcer avant de peindre. Autre mauvaise nouvelle, car elles volent en escadrille, les trois autres murs étaient dans le même état.

Merveille des merveilles, le plombier changea la chaudière. Il avait recommandé un appareil à condensation bas NOx à Arthur (qui, pour une fois, savait ce qu'étaient les oxydes d'azote). Ce dernier aurait été très tenté par une pompe à chaleur, mais le professionnel l'en avait dissuadé. Les travaux étaient beaucoup plus longs et, surtout, il devrait changer pas mal de choses de l'installation existante.

Chouette : une douche chaude et même très chaude, puisqu'il se lavait depuis des jours à l'eau tiédie sur la gazinière. Chouette ? Oui et non. En effet, l'eau de la douche installée dans la baignoire s'évacuait très mal. Il fallut presque deux heures pour qu'elle disparaisse complètement dans le siphon. Note : acheter un produit déboucheur de canalisations. Toutefois, les événements se précipitèrent de façon très-très nauséabonde. Lorsqu'il tira la chasse d'eau ce soir-là, il y eut une espèce d'énorme glouglou, et une gerbe d'eau marron qui sentait… « cela » lui trempa le pantalon de pyjama. Après une série de haut-le-cœur, il se lava et se changea, puis passa la serpillère dans les toilettes. Il devait y avoir un bouchon quelque part, mais à chaque jour suffisait sa peine, et il verrait cela demain.

D'ailleurs, il le vit très bien et le sentit encore mieux lorsqu'il fit couler de l'eau dans la casserole pour se préparer un café. À nouveau un énorme borborygme du siphon. Il se recula à temps pour ne pas prendre la trombe d'eau souillée de matières fécales en pleine figure.

Un peu paniqué, il rappela le plombier.

— C'est le système d'ANC, sans doute.

— ANC ?

— Le système d'assainissement non collectif. La fosse toutes eaux, quoi.

— C'est quoi, au juste ?

— Ça collecte toutes les eaux usées et les prétraite dans le cas des habitations qui ne sont pas reliées au système collectif, en général parce qu'elles sont trop loin de la station d'épuration. Elle n'a pas servi depuis deux ans. Elle doit être complètement sèche et colmatée, si tant est qu'elle avait été vidée. Donc, ça refoule.

— Et vous pouvez vous en occuper ?

— Non, je ne fais pas ce genre d'installations. Je peux vous donner les coordonnées d'un gars sérieux.

Certains conforts nous paraissent aujourd'hui complètement basiques. L'un est crucial : les toilettes. On appuie sur le bouton pressoir du tank d'eau et voilà, c'est fini. Qui se souvient de la cabane au fond du jardin, de la lunette en bois, le tout grouillant de mouches l'été, et de l'odeur rebutante qu'il fallait affronter ? Les veinards. Arthur Darrobat le découvrit. Aussi, lorsque l'installateur eut fini de nettoyer et de faire redémarrer la fosse, avant de lui expliquer le B.A.BA des mesures d'entretien, lui serra-t-il chaleureusement la main en le raccompagnant.

Tout foirait ! Vraiment ? Il n'avait rencontré que des gens aimables, serviables jusque-là. Certes, ça se limitait à quelques personnes, si l'on excluait les vendeurs des enseignes de bricolage (à qui il aurait dû demander des informations au lieu de se la péter sur le mode : « Je contrôle la situation »), mais le ratio était bon.

Arthur ne voyait pas les heures passer, s'endormait comme une souche à 10 heures du soir et se réveillait à 6 heures du matin, sans faire un pli de la nuit. Pourtant, il avait le souvenir de s'être souvent ennuyé le soir à Paris. Les conversations avec Sophie étaient assez limitées puisqu'ils ne partageaient pas beaucoup de centres d'intérêt. Puisqu'il se croyait amoureux d'elle, il avait mis cet ennui sur le compte de la fatigue des journées professionnelles.

Une petite semaine fut nécessaire pour voir le bout du salon, avec un résultat dont il n'était pas peu fier. La pièce, au look assez pénible avec son affreux papier peint, avait belle allure. Il avait choisi une peinture mate gris pâle, lumineuse et douce, et avait lasuré les poutres d'un blanc à peine grisé.

Arthur ne s'aperçut même pas de deux glissements pourtant très importants. Il ne s'était pas connecté à son compte Facebook depuis des mois, utilisait de moins en moins son téléphone (les vidéos de bricolage, c'est quand même bien plus confortable sur un écran d'ordinateur). Il l'éteignait de plus en plus souvent. D'une part, il ne voyait pas très bien qui pourrait lui envoyer un SMS ou l'appeler. D'autre part, il n'avait pas envie d'être dérangé en plein boulot de restauration. De plus et surtout, il était en train de découvrir le *temps long*. Ce temps des projets, des réflexions, des réalisations, de la concentration. L'inverse du temps court, bien souvent synonyme de *temps du gâchis*. Gâchis d'énergie, de temps justement, de plaisir aussi. Le zapping permanent de nos journées, d'une miniactivité, d'une pensée fugace à une autre. Que ce zapping soit dicté par les autres ou nous-mêmes, il nous laisse avec un constat de « rien ». Qu'avons-nous fait de vraiment significatif au cours des dernières vingt-quatre heures ? Pas grand-chose. Nous restons avec une sorte de *quilt* mal fichu, peu cohérent, de débuts d'actions, d'embryons d'idées, d'échanges inachevés. Pas vraiment gratifiant. Arthur retrouvait la notion de *sens*.

Il avait entrecoupé sa tâche de visites au Bar des Amis. Muriel était devenue sa « référente vie rurale » mais aussi bricolage, car elle trouvait des solutions à tout. Ainsi, elle lui avait évité des heures de travail acharné puisqu'elle savait que, avec les nouvelles lasures, il devenait inutile de s'échiner à poncer le bois. Arthur prit aussi l'habitude de déjeuner parfois chez elle, dégustant sa formule « plat du jour/dessert » pour une dizaine d'euros. Une idée dont il se félicitait puisque, une fois la curiosité des familiers à son sujet rassasiée, il rencontra une bonne part des habitants de Fontaine-la-Thierry, dont la maire, Élisabeth Sandrelli.

Il se présenta, précisant qu'il était son nouvel administré. Elle le salua d'un vague sourire en le détaillant. Jolie fille d'à peine la trentaine, pas follement sympa, *a priori*. Élisabeth Sandrelli était une vraie rousse, dans les cuivrés clairs, frisée, avec la peau très pâle et des yeux bleus qui vont en général de pair avec cette teinte de chevelure. Le haut de ses pommettes et la base de son nez étaient parsemés de légères taches de rousseur, qu'Arthur trouvait craquantes (mais pas dans le cas de Mme la maire). De taille moyenne, joliment musclée, il émanait d'elle une sorte de rigidité peu avenante. Elle déclara :

— Bienvenue chez nous. J'espère que vous allez vous plaire (sur le ton de la dame qui pense très fort : « et que tu ne vas pas nous les briser menu parce que tu veux Paris à la campagne »).

Puis elle tourna les talons, prit congé des clients sur un vrai sourire cette fois, et disparut.

Arthur Darrobat s'approcha du bar et murmura à l'adresse de Muriel :

— Elle est peu sèche, non ?

— Elle gagne à être connue. Très compétente, fiable, serviable, mais pas le genre à se laisser souffler dans les bronches. Franchement, on se félicite du changement de maire.

Les travaux d'Arthur progressèrent, non sans de multiples déconvenues. Il n'allait plus consulter YouTube qu'occasionnellement, preuve qu'il devenait un vrai pro, du moins selon lui. Il n'avait presque plus de courbatures et s'était doté d'une musculature que cinq ans de fréquentation assidue d'un club de sport n'auraient pas permise. En plus, les jours devenaient plus doux (moins polaires)… mais très pluvieux. Très. C'est d'ailleurs à cause d'une énorme flaque boueuse que la petite citadine d'Arthur s'embourba en fin de matinée. Il eut la désastreuse idée d'appuyer sur l'accélérateur pour s'en sortir. Les roues patinèrent, creusant encore plus pour s'enfoncer dans la glaise détrempée. Un gars sur YouTube, interminable, lent, mais lent, donnait des tuyaux pour se sortir de ce genre de pétrin. 1) mettre la voiture en première, contact éteint, et pousser, pousser. C'est ainsi que la voiture ne broncha pas de 10 centimètres mais qu'Arthur glissa dans la boue et s'affala de tout son long. 2) dégager les roues motrices en creusant la boue autour et verser à la place du sable, des brindilles. Il n'avait pas de sable et ramasser assez de brindilles allait lui prendre des heures. 3) trouver une surface plus adhérente et la glisser sous les roues avant. Enfin, des bûches poussées sous le caoutchouc lui permirent de se dégager. Il était en nage, maculé de boue, et décida de reporter son saut chez Muriel. Il déjeuna à la maison après une douche.

Baby avait pris l'habitude de s'asseoir sur la table, non loin de son assiette. Au début, Arthur avait tenté de l'en dissuader, songeant que l'aspect hygiénique manquait au tableau. Cependant, et cela n'étonnera aucun maître (est-on jamais le/la maître(sse) d'un chat ?), ces animaux sont terriblement obstinés et ils n'ont que cela à faire. Il s'était donc laissé envahir en songeant qu'après tout, elle ne tendait jamais la patte pour chiper quelque chose. Elle le dévisageait de ses iris bleu turquoise avec un immense sérieux. Un trouble étrange mais tendre envahit l'homme :

— C'est dingue ! Tu as vraiment la même couleur d'yeux que maman. Elle s'appelait Laurence et elle était fabuleuse. Très myope, aussi. Ça lui donnait ce regard caressant et un peu flou mais à la fois très intense. Les chats sont myopes, non ?

— Mâââh ?

— Tu sais, je crois que je hais la campagne, en fait ! Ou alors, je suis en train de me dégonfler ? Je ne sais pas… ça prend des allures de rocher de Sisyphe… Chaque fois que j'ai l'impression de régler un truc, quinze autres se déglinguent dans la foulée. Je commence un peu à craquer, là.

— Mâââh ?

Elle tendit la tête vers lui et lui présenta son menton afin qu'il le gratouille.

— Ouais, t'as raison. Il faut que je positive. Après tout, je ne vois plus trop d'emmerdeurs, je ne respire plus toute cette pollution, je dors comme un bébé, je n'ai plus de courbatures, j'ai un espace fabuleux, un silence comme j'avais oublié que cela puisse exister. Jusque-là, les gens du coin que j'ai rencontrés sont des humains normaux, qui sourient, te disent bonjour, etc. Ils ne font pas la tête en permanence et ne sautent pas si tu leur demandes l'heure ou ton chemin. Positivons.

C'est ainsi qu'il adopta une manie qui lui parut d'abord étrange pour le convaincre vite de sa pertinence : il s'installait dans son beau salon aux murs gris, sa plus éclatante réussite, et l'admirait durant une bonne dizaine de minutes en s'adressant moult félicitations.

Arthur venait de découvrir une des règles du bonheur, très simple et que pourtant nous oublions bien trop souvent : se réjouir de n'importe quel succès, ou moment de joie/bien-être/plaisir, aussi minime soit-il. Pour deux raisons majeures : parce qu'ils sont beaucoup plus nombreux qu'on ne le croit (mais on n'en voit pas le quart), et qu'ils dédramatisent nos échecs. Sur un mode plus sérieux, n'est-il pas stupéfiant que la plupart d'entre nous (dont Arthur Darrobat) digèrent mal une critique, un plantage, bref un accroc, le plus souvent réparable, dans le long tissu de nos vies, en oubliant toutes leurs réussites, tous les retours élogieux qu'ils/elles ont pu recevoir, toutes les tendresses, amours, dont ils/elles ont bénéficié ? S'agit-il d'une propension humaine ou d'un ratage d'éducation ? Est-ce, par exemple, parce que des parents ont systématiquement occulté les bonnes notes d'un enfant en se focalisant sur une mauvaise en maths ou en géographie que nombre d'entre nous voient toujours le verre à moitié vide ? Comment se fait-il que certains passent systématiquement à côté des petits bonheurs ? Ces petits grains lumineux construisent et réparent la délicate machine mentale humaine. Ces atomes de lumière cicatrisent les bobos inévitables d'une vie et atténuent un peu les douleurs les plus graves. Or, les « petits bonheurs » sont si fréquents. C'est cet enfant qui hurle de joie en parvenant enfin à se maintenir sur une selle de vélo sans qu'un adulte le cramponne par l'épaule. C'est le sourire d'une femme (ou d'un homme) inconnu(e) dans le métro, le bus, dans un magasin. C'est le « Bon boulot, là, Machin(e) » d'un collègue par ailleurs difficile. C'est cette bouture de rosier cher (un Pierre de Ronsard) qui fleurit au printemps suivant. Presque rien sur l'instant, mais au bout du compte, grain de lumière après grain de lumière, une vie.

Notre vision où le négatif prend nécessairement le pas sur le positif adopte parfois des tournures effroyables, poussant certains êtres fragiles à des actes désespérés. Les critiques, malveillances dont ils sont la cible leur semblent soudain la seule et unique réalité convaincante, une réalité de ténèbres dont on a le sentiment de ne plus pouvoir s'extraire. Jusqu'au pire. L'ombre est un gouffre doté d'un appétit sans fin. Elle avale tout, le moindre morceau de lumière, si nous n'y prenons pas garde. Seul l'éclat lumineux des beaux souvenirs, des jolis devenirs est capable de la faire reculer. Allumons cette lumière. Baignons-nous dans ce flot chaleureux.

Nous passerons toute la liste des minicatastrophes, gros pépins qui dégringolèrent sur Arthur dans les semaines qui suivirent, liste assez longue.

Bien sûr, il ignorait qu'une jauge de cuve de gaz se vérifie et tomba en rade. Heureusement, les nuits étaient plus clémentes. Il ne savait pas que, lorsqu'un peuplier est envahi de gui, c'est le signe qu'il est vieux et mal en point. Il tombe au premier bon coup de vent et écrase la clôture (fort heureusement dans son cas, pas le toit). Il avait oublié le conseil de l'agente immobilière au sujet des ramonages. Lorsqu'il lança un feu de cheminée dans ce qui devait devenir sa chambre ou une chambre d'amis (pour quels amis ?), une épaisse fumée âcre et noirâtre se déversa dans la pièce. Dans le genre étouffant. Il dut ouvrir toutes les fenêtres en grand pour se débarrasser de l'odeur piquante. Il découvrit que, dès qu'une maison est habitée (avec de la nourriture), les souris affluent et que certains chats n'ont pas du tout l'âme chasseresse. Baby, assise sur le canapé, regarda la souris filer dans le salon sans manifester la moindre intention de la poursuivre, sur le mode : « Bonjour, madame/monsieur rongeur. Vous habitez aussi chez nous ? Ravie de faire votre connaissance. » Les fourmis aussi, mais là, on ne peut pas tenir rigueur à un chat de ne pas les chasser. Il n'avait jamais pensé se retrouver un matin avec trois magnifiques vaches (charolaises, mais il ne savait pas ce que c'était) égarées sur son terrain. Elles broutaient peinardes et n'eurent pas l'air affolées lorsqu'il s'approcha avec prudence. Il téléphona à la gendarmerie.

Le jeune homme (à sa voix) qui lui répondit lui posa des questions stupéfiantes :

— C'est quoi, au juste ?

— Euh, des vaches… oui, des vaches. Enfin, peut-être des bœufs, d'ailleurs.

— Non, la race, je veux dire. Ça me permettra de localiser l'éleveur. De quelle couleur est la robe… bref, le poil… ? Elles ont des cornes ou pas ?

— Y a des vaches sans cornes ?

— Non. Mais on les écorne. Et puis, aujourd'hui, on a des hybrides naturels qui n'en ont plus. La limousine de notre coin n'a pas de cornes. Elle est marron clair. Il y a un élevage pas loin de chez vous. La normande est blanche avec des taches marron foncé.

— Attendez, je vais voir.

Téléphone vissé à l'oreille, Arthur décrivit :

— Elles sont beige clair, avec des petites cornes, sur le côté.

— Grosse croupe… fessier ?

— Oui.

— Alors c'est l'élevage de charolais. On les appelle.

L'éleveuse, une dame charmante, vint les récupérer une heure plus tard. Elle expliqua :

— C'est encore un coup de Mimi… Celle-là, précisa-t-elle en pointant du doigt un des bovins. Dès qu'il y a une connerie à faire, elle est incapable de passer son tour. Remarquez, c'est la chouchoute de mon mari. Il aime les emmerdeuses, quand elles sont marrantes et gentilles. Entre Mimi et moi, il est servi ! Là, quand je l'ai appelé après le coup de fil des gendarmes, il est parti à rire en disant : « C'est Mimi, gagné d'avance. » Coup de bol, elle n'a pas conduit les autres vers la route. On doit avoir un trou dans la clôture, on va vérifier. Pas de dégâts chez vous ?

— Non.

— Désolée pour le dérangement. Merci de votre appel.

La petite troupe repartit, menée par la dame qui avait passé une corde au cou de Mimi la meneuse et maugréait :

— T'arrêtes ton quart d'heure vénitien, là, Mimi. On a assez rigolé pour la journée !

Surtout, Baby prit l'habitude de disparaître des heures entières, alors qu'elle n'avait jamais manifesté de curiosité pour « la nature » jusque-là. Arthur passa par toutes les couleurs de l'inquiétude. Il la chercha partout, s'époumonant (les amoureux de chats sauront qu'il ne sert à rien d'appeler un chat occupé ailleurs, c'est « cause toujours, tu m'intéresses »). Elle revenait, détendue, quelques heures plus tard, et lui faisait un câlin lorsqu'il lui expliquait le mouron qu'il s'était fait à cause d'elle. Étrangement, ses envies d'escapade se limitaient à la journée. Or les chats sont des nocturnes. Pourtant, un soir, tard, elle ne rentra pas. D'inquiet, il flippa complètement et appela la gendarmerie. La jeune femme qui décrocha – et semblait assez amusée de ne pas avoir à enregistrer une plainte pour tapage nocturne ou rixe, ou insultes, ou cambriolage (les homicides étant rares dans ces coins de France) – lui répondit avec beaucoup de gentillesse en lui communiquant le numéro de la fourrière. Aucune nouvelle de Baby. Et si elle avait été volée ? Elle valait pas mal d'argent. Les pires scénarios se télescopèrent ensuite : la chatte d'appartement ne savait absolument pas ce qu'était l'extérieur. Elle ne connaissait rien aux voitures qui peuvent écraser ou aux chiens qui prennent les chats pour des lapins. Arthur avait plongé dans l'angoisse lorsque la sonnette du portail retentit. Il se précipita. Sa maire, Élisabeth Sandrelli, se tenait dans le flot lumineux des halogènes, Baby confortablement lovée entre ses bras. Elle était vêtue d'un pantalon de survêtement informe et d'un large pull vert mousse qui lui tombait à mi-cuisses.

— Bonsoir. Contrairement aux autres jours, elle n'avait pas l'air de vouloir rentrer. J'ai pensé que vous alliez vous inquiéter.

— Oui, je suis mort d'inquiétude ! J'ai téléphoné aux gendarmes et à la fourrière. Elle va chez vous ?

— Je suis votre voisine. Elle saute de terrain en terrain et s'est prise de passion pour mon vieux chien, Barnes. Un saint-hubert. Il aime beaucoup les chats. Comment s'appelle-t-elle ?

— Baby. Je ne suis pas responsable de ce prénom crétin.

— Oh non, c'est chouette. Ça me fait penser à ce film délicieux des années 1930 avec Katharine Hepburn et Cary Grant : *Bringing Up Baby*, sottement traduit en français par *L'Impossible monsieur Bébé*, alors que le *baby* en question est un léopard. Votre Baby est un léopard miniature. Quoi qu'il en soit, elle apprécie beaucoup Barnes. C'est réciproque. Ils jouent un peu, dorment ensemble dans la corbeille et en fin d'après-midi, elle repart. Aujourd'hui, elle s'incrustait. Donc, je vous la ramène. Bonne soirée.

Il récupéra Baby et cria alors que la jeune femme s'éloignait :

— Euh… merci, hein !

Ensuite, il engueula Baby, pas trop quand même tant il était soulagé. Il conclut par :

— Bon, là, je te boucle. J'ai pas les nerfs. Et ton pote Barnes, je m'en fiche.

Du coup, il téléchargea le film, une charmante comédie américaine qui le fit bien rire, avec une très séduisante héritière assez foldingue et un paléontologue lunaire qui veut récupérer un os de brontosaure. Finalement, il arriva à la conclusion que cette Élisabeth Sandrelli avait quelques mérites. Peut-être. À voir.

Il devait changer radicalement d'opinion le surlendemain. La veille, il avait déposé une petite carte de remerciements dans la boîte aux lettres de sa voisine la maire. En réponse, elle lui avait accroché au portail une boîte de six œufs, frais de chez frais, provenant de ses poules plus bio que bio et… tartinés de fientes. Ah, dégueulasse ! Certes, il savait que les poules ne régurgitent pas les œufs, qu'elles les pondent, mais c'était répugnant. Quoi, elle voulait le rendre malade avec une salmonellose ? Les œufs qu'on achetait à Paris étaient nickel, au point qu'on aurait pu lécher leur coquille. Arthur ignorait que les salmonelles sont très peu résistantes à la chaleur et qu'une simple cuisson les détruit. Il les jeta. Pire, en ces premiers beaux jours, il constata qu'une multitude d'abeilles virevoltaient chez lui, autour de lui, et semblaient très intéressées par son bûcher. Or, Arthur avait une peur irrationnelle des abeilles, des guêpes, et encore plus des frelons, bref des hyménoptères. Irrationnelle parce qu'il n'avait jamais été piqué et que, d'ailleurs, il avait assez peu vu de ce genre d'insectes dans son existence. La voisine/maire était apicultrice. Ses abeilles, donc. Qu'elle les garde ! De fait, il grimpa sur un escabeau et, par-dessus le mur de pierre, dénombra pas loin d'une centaine de ruches dans la propriété mitoyenne de la sienne.

Le dimanche vers 11 heures, il sonna à son portail. Barnes l'accueillit avec des aboiements très graves et aucunement menaçants, juste histoire de faire son boulot de chien.

Le sourire, cette fois chaleureux, d'Élisabeth Sandrelli mourut vite lorsque Arthur attaqua :

— Vos abeilles, j'en suis certain, sont chez moi et je pense qu'elles cherchent un nid.

— Une ruche.

— Peu importe. Ce sont des animaux dangereux et vous devez faire le nécessaire pour qu'elles ne me gênent pas.

— Non, ce ne sont pas des « animaux dangereux ». De plus, je suis assurée et respecte toutes les distances de sécurité.

— Ça me fait une belle jambe si elles me tuent.

— Les butineuses ne piquent pas, elles ont autre chose à faire. Les gardiennes si, lorsque vous vous approchez de la ruche, faites de grands gestes, braillez, ou alors qu'il existe des querelles internes dues à une rivalité entre une jeune reine et une vieille… ou même à l'arrivée d'un gros orage. Ça les énerve. Elles sont en train d'essaimer, elles se cherchent un nouveau *home sweet home*, c'est tout. Dès qu'elles seront installées, elles se remettront au travail et elles ne penseront à rien d'autre, sauf menace. Il s'agit d'abeilles noires rustiques. Elles ne sont pas vindicatives. Au pire, je viendrai récupérer l'essaim s'il vous gêne. Prévenez-moi tout de suite, si possible avant qu'elles n'aient commencé à faire leurs rayons. C'est plus facile.

— Et à qui dois-je demander s'il existe une concurrence entre reines ? Une gardienne bien informée des rivalités de palais ? pesta-t-il.

— Vous êtes allergique au venin d'hyménoptères ? Auquel cas vous devez avoir sous la main un auto-injecteur d'adrénaline et de la cortisone.

— Euh… je pourrais l'être, s'énerva-t-il, oubliant qu'il avait balancé l'argument contraire à Sophie lorsqu'elle avait abandonné Baby.

— Bien sûr. Moi, je pourrais être petit rat de l'Opéra, comme disait mon père. Voyez, moi je suis allergique aux cons. Malheureusement, il n'existe pas de traitement. Quant aux adultes qui ont peur d'une abeille, ça relève peut-être d'un traumatisme d'enfance, donc pas de mes attributions. Vous me faites un peu penser à mon ex-mari, même physiquement, et ce n'est pas un compliment ! Il avait perdu sa tétine trente ans auparavant et ne s'en était jamais remis !

Elle lui destina un regard navré, haussa les épaules et le planta là.

Il resta sans voix et s'en voulut ensuite tout l'après-midi de n'avoir pas trouvé une repartie bien cinglante. Mais quelle abrutie !

Deux jours plus tard, il trouva dans sa boîte aux lettres une coupure de journal. Elle reproduisait deux photos d'une campagne de sensibilisation au déclin des pollinisateurs. En haut, un joli supermarché chic et bio avec abeilles. En bas, le même sans abeilles, des étals déserts, assez temps de guerre et tickets de rationnement. Il lut la liste des végétaux disparus que sa voisine avait traduits de l'anglais. « Bon, ça va, je sais causer la langue de Shakespeare… » Sauf qu'il ne connaissait pas les trois quarts des noms de légume en anglais. D'ailleurs, il lui en manquait aussi pas mal en français. Oui, il avait entendu parler de la disparition effrayante des pollinisateurs. Oui, il fallait que tout soit fait pour préserver le peu qu'il en restait. Mais pas chez lui.

Bref, elle lui déplaisait prodigieusement.

Pourtant, bizarrement, tout le monde, ou presque, semblait l'apprécier. Le « presque » se limitait au couple de boulangers. Le genre qui fait payer son pain rassis en gros sacs (pour nourrir les poules) alors qu'ils ne savent qu'en faire. Le genre qui ne parle à personne et ne regarde jamais dans les yeux. Pas des gens follement sympathiques, de l'avis de Muriel. Des gens qui « avaient profité des aides de la mairie pour s'installer » et « repartiraient dès qu'ils trouveraient une meilleure opportunité sans se préoccuper du reste ni de la façon dont les vieux pourraient acheter leur pain ». Et cela, c'est grave, dans un village. C'est aussi grave qu'une bande de gamins mal élevés qui va piquer les chrysanthèmes au cimetière après la Toussaint, juste pour s'amuser. Oui, c'est en général l'ampleur des problèmes de voisinage, avec Mme la maire qui tire les oreilles des malappris et de leurs parents et qui exige qu'ils aillent nettoyer ledit cimetière des mauvaises herbes durant leurs vacances scolaires, faute sans cela de porter plainte contre eux. Ça calme tout le monde durant un bon moment. D'autant que même les plus bravaches et/ou têtes de mule (pour rester poli) ont du mal à soutenir ce regard de réprobation généralisée de la part des autres habitants. Ces murmures qui les accompagnent durant quelque temps, avant que le « scandale » ne retombe : « C'est la mère du petit abruti qui a piqué les chrysanthèmes. Quand on ne sait pas élever son gosse, on n'en a pas » ou : « C'est le père du (même)… Remarque, sa pauvre femme… Elle n'a pas eu de bol, celle-là. » Médisances et cancans habituels de village, penseront certains. Non, pas vraiment. Pression du groupe humain, d'un groupe qui connaît et reconnaît ses membres, avec leurs qualités, leurs défauts, qui n'a pas oublié qu'existent des règles à respecter si l'on souhaite vivre ensemble de façon à peu près harmonieuse. Ce groupe est composé de gens conscients que le regard des autres leur donne, au fond, leur réalité d'être humain. Ils existent, qu'ils rendent service ou fassent une ânerie. Alors certes, cela peut devenir parfois pesant, voire étouffant dans quelques cas. Toutefois, Arthur était bien placé pour se souvenir que le total anonymat garanti par les grandes villes-fourmilières, desquelles ont disparu ces quartiers où l'on se croisait, se connaissait, cette dilution complète de la « qualité » d'humain était encore plus lourde à porter.

Arthur Darrobat erra dans les travées du petit supermarché du village à la recherche d'un élément majeur porté sur sa liste et souligné. Le couple de quinquagénaires propriétaires était sympathique, avec un nom normand hérité de la profession de boucher d'un ancêtre quelconque et sans doute difficile à porter : Tuvache. Maryse Tuvache était une petite femme rondouillette, le sourire aux lèvres, énergique et plaisante. Bavarde, aussi. Très. Cela expliquait peut-être pourquoi son mari, Claude, était du genre taiseux. En effet, difficile d'interrompre le flot de paroles de Madame. Ou alors, Madame était devenue volubile pour meubler les silences de son époux. Il pensa fugacement à M. Ali, l'épicier de sa rue parisienne. Étrange : il s'agissait de la seule personne qu'il regrettait un peu. D'ailleurs, lorsqu'il était allé lui annoncer son déménagement et lui dire au revoir, tous deux étaient restés un peu émus, un peu bébêtes. M. Ali avait lâché : « J'espère qu'un jour vous nous rendrez une petite visite. Tiens, je vous offre une boîte de dattes pour le voyage, même si Chartres, c'est pas le bout du monde. »

Ne trouvant pas ce qu'il cherchait, Arthur Darrobat demanda à Maryse :

— Vous avez des bombes d'insecticides anti-abeilles ?

— Pardon ? Antifrelons, antiguêpes, vous voulez dire ?

— Non, ça doit être trop fort. Juste antiabeilles. J'en ai plein dans le jardin et certaines rentrent même à la maison. Pas envie de me faire piquer.

Arthur aurait alors pu revendiquer une place dans *Le Livre des records*, puisqu'il devenait le seul être humain à avoir coupé le sifflet de Maryse Tuvache. Bouche entrouverte de stupéfaction, elle le dévisagea comme s'il venait de lui faire une proposition indécente. Elle prit une longue inspiration et protesta :

— Mais on ne tue pas les abeilles ! C'est pas des moustiques ! Enfin, monsieur Arthur ! Les pauvres sont déjà bien à la peine. Et vous les extermineriez ? Je n'ai jamais été piquée de ma vie. Claude non plus, hein, Claude ?

Son mari garnissait les rayons et se contenta d'un hochement de tête.

Elle le fixait maintenant comme si elle avait affaire à un redoutable serial killer. Il ressortit assez penaud et sans bombe.

Sur le chemin du retour, il se raisonna : lui non plus n'avait jamais été attaqué. De ce qu'il avait lu, la piqûre de ces petites bestioles, bien que peu agréable, n'était pas aussi douloureuse que celle d'une guêpe ou, pire, d'un frelon. Enfin, il n'était allergique à rien, donc pourquoi le serait-il au venin d'hyménoptères ?

Quand la vie a plus d'imagination que nous.
Une rencontre décisive.

Arthur n'en revenait pas. Sa montre, celle de son père, avait pris près d'une minute de retard en une semaine. Impossible ! Décidément, rien n'allait. Il fila chez le vieil horloger de Fontaine-la-Thierry, dont Muriel, la patronne du bar-tabac où il prenait maintenant presque chaque matin un café et parfois un croissant (soyons fous !) avait vanté les talents. Son prénom l'avait marqué, un prénom qu'il n'avait jamais entendu auparavant : Bathilde.

Il pénétra dans une petite échoppe tout en longueur, cernée d'étagères lourdes de pendulettes, d'horloges plus ou moins volumineuses, de cadrans, de boîtes en Plexiglas remplies de rouages, de verres, etc. Une vague odeur d'alcool à brûler flottait dans l'air.

Un vieux monsieur, ridé comme une pomme d'hiver, les cheveux blancs embroussaillés, leva la tête et se redressa derrière son comptoir. Il souleva ses lunettes-loupe d'horloger qui le faisaient ressembler à une créature extraterrestre.

— Ah, vous êtes le Parisien qui vient de s'installer à la Grande Bûcherie ? M. Arthur, c'est cela ? lança le vieux monsieur d'un ton joyeux. Content de vous rencontrer.

— En effet…

— Moi, c'est Bathilde.

— Alors moi, c'est Arthur, tout court.

— Et que puis-je pour vous ?

Arthur repoussa sa manche et, avant même qu'il ne déboucle son bracelet, l'autre se redressa comme un ressort et s'exclama :

— Oh, une Tudor ! Oh, ça fait une paie que je n'en ai pas vu. Non, non, ne me dites rien ! Tendez juste le bras. Alors… une *submariner snowflake* des années 1970, automatique, une beauté ! Vous voulez la vendre ? Je l'évalue entre 9 et 10 000 euros. Je vous trouve un acheteur dans la journée, peut-être moi, d'ailleurs !

— Non, merci. Elle appartenait à mon père. Elle retarde un peu, c'est la première fois que cela arrive.

— On va régler ce petit bijou. Vous rendez-vous compte, Arthur, qu'on a osé appeler ces montres les « Rolex du pauvre » alors qu'il s'agit de la même maison mère et que, justement, l'idée de Rolex était de fabriquer des montres d'excellente qualité, moins chères que celles portant la marque emblématique ! Tudor vient de lancer une série de nouveaux modèles top, comme on dit maintenant. Ils reprennent du poil de la bête, après quelques années plus discrètes. Et puis, question mécanismes, c'est de l'art et ça innove ! Moi, j'ai un béguin pour les montres un peu anciennes, parce que je suis vieux, et que leur temps, c'est aussi mon temps, pouffa-t-il.

Lancé dans sa passion, le vieil homme passa en revue les particularités des plus grands mécanismes. Arthur s'aperçut après une bonne demi-heure qu'il ne s'était pas ennuyé une seconde. Bathilde conclut :

— Franchement, je n'ai rien contre le progrès. C'est bien, le progrès. Tout ce qu'on peut faire avec les ordinateurs, c'est épatant. Là où ça me trouble, c'est que tous ces jeunes et moins jeunes ne se rendent pas compte que leur mesure du temps, avec leurs téléphones, est conditionnelle, si fragile. Et s'il y a un gros bug – … oui, ça s'appelle comme ça –, ils font quoi ? Je réserve le même commentaire aux montres à pile. Certes, c'est très pratique, du moins quand on a une pile de rechange. Mais une montre mécanique ou automatique vous offre la certitude du temps. Le temps vous appartient, il suffit de bouger le poignet. Ou alors de penser à la remonter chaque matin. Cinq secondes, et vous reprenez pied dans la réalité, dans le temps.

Lorsque Arthur alla rechercher sa montre trois jours plus tard, Bathilde refusa de le faire payer en plaisantant :

— L'affaire de cinq minutes avec cette petite merveille ! Rien à réparer, il fallait juste la nettoyer. Ça se nettoie, une montre de prestige, Arthur. Je suis sûr que rien n'a été fait dans ce sens depuis votre père, au moins. Elle ronronne.

Arthur pensa à son père, qui redevenait « papa ». Les années de dilution de cet homme qu'il avait tant aimé s'estompaient. Elles devenaient un vilain souvenir, un de ceux dont on doit se débarrasser.

Baby faisait la gueule, lorsque Arthur rentra. Il se sentait coupable de la garder prisonnière à l'intérieur. Mais il avait tellement eu peur qu'il lui soit arrivé quelque chose, dans le genre fatal. Elle s'asseyait derrière la porte et miaulait, le regardant d'un air accusateur et douloureux. Elle voulait rejoindre son copain Barnes. Comment faire comprendre à une chatte qu'elle a une permission de sortie de trois-quatre heures, qu'elle doit rentrer avant la nuit et ne JAMAIS, au grand jamais rejoindre une route ? Il avait bien une idée de garde parentale alternée, mais avec l'autre dingue d'apicultrice (et maire), ça n'allait pas être de la tarte : il lui portait Baby dans son panier de voyage aux environs de midi et allait la rechercher le soir. Ou alors, elle lui confiait Barnes pour quelques heures. À creuser.

Étrangement, au fil des jours, il se sentit de plus en plus attiré par la petite échoppe de Bathilde. Le vieux monsieur avait tant de choses à raconter, des anecdotes savoureuses, de véritables histoires d'amour entre des hommes et des montres. Des histoires de passion d'alchimistes ou de monarques pour des mécanismes toujours plus fiables, toujours plus parfaits. Il invita trois fois Bathilde à déjeuner chez Muriel, qui lâcha en matière de plaisanterie :

— Ah, mon bon Bathilde, vous ne me faites pas les gros yeux parce que je porte une Seiko, hein ? Ça résiste à pas mal de choses, et ça ne craint pas l'eau.

— Ce sont des montres japonaises haut de gamme, les Seiko, chère Muriel. D'ailleurs, James Bond en porte. C'est dire. Vous savez, une montre n'est pas un prix. C'est le génie de l'homme concentré dans un tout petit boîtier.

Lors d'un de ces repas, Bathilde confia :

— Je n'aurais pas la fatuité de penser que je suis le Maître des heures. Non, cela, c'est réservé à Dieu. Je me vois en gardien des secondes, un gardien parmi d'autres. Et, si je ne suis plus là, Arthur, qui sera le gardien des secondes et des minutes ? Ça n'a l'air de rien, une seconde, n'est-ce pas ? C'est minuscule, infime, ridicule presque. Mais c'est parfois la femme de votre vie qui a tourné au coin de la rue un instant trop tôt. Vous ne la rencontrerez pas. C'est ce poids lourd qui perd le contrôle et vous frôle. Un pas de plus de votre part, ou de moins, un infime instant dans un sens ou dans l'autre, et vous étiez mort. Qui veillera sur ces bouleversants mécanismes ? Vous savez… parvenir à quantifier le temps a toujours été une obsession de l'humanité. Mesurer le temps nous permet de nous projeter dans notre futur : demain, à 10 heures, je ferai ceci. Dans une heure, je partirai à tel endroit. Dans une semaine, à 14 h 55, je m'envolerai pour rejoindre un être cher. Je crois qu'il s'agit d'un magnifique remède à notre angoisse de la finitude, pouvoir se projeter dans le temps. Bien sûr, il en existe d'autres, encore plus puissants : Dieu pour certains, les enfants pour d'autres. Moi, je n'ai pas d'enfants et je ne crois plus en Dieu.

— C'est rare, Bathilde, comme prénom. Je ne crois pas l'avoir jamais entendu auparavant.

— Un prénom du Moyen Âge. En réalité, je m'appelle Jérôme, mais ça doit bien faire un demi-siècle que tout le monde l'a oublié. (Le vieux monsieur marqua une pause. Son regard s'évada vers la vitrine du bar-tabac, puis il reprit :) Mon épouse se prénommait Mathilde… oh, un rayon de soleil. Elle était pleine d'esprit, jolie, joyeuse. À chaque sourire, une fossette se creusait à sa joue droite, un ange… ils sont très fragiles. Ils illuminent notre monde, notre vie, et puis ils partent. Elle est morte d'une méningite.

Il essuya ses yeux d'un revers de main et murmura :

— Je n'ai jamais eu l'envie, le courage ou l'opportunité, je ne sais pas trop, de me remarier. J'ai trouvé un réconfort dans mes montres. Lorsque le petit cœur d'une montre cesse de battre, on sait quoi faire, comment le réparer. Lorsque le petit cœur tendre d'un ange s'arrête… il n'y a rien à faire. Juste pleurer des nuits entières, se demander pourquoi on a survécu, et comment on va survivre ensuite. Alors, j'ai choisi Bathilde parce qu'il me rappelle ma jolie épousée chaque fois que l'on m'appelle.

Arthur posa sa main sur celle du vieil homme. Une main parcheminée, ridée, dont les veines vertes saillaient, mais une belle et bonne main, une main qui avait su faire tant de choses. Un geste étrange et spontané. Jamais il n'aurait pensé poser un jour la main sur celle d'un homme dont la très ancienne tristesse le bouleversait.

Quand la vie a vraiment beaucoup-beaucoup plus d'imagination que nous.

Il prit rendez-vous pour les vaccins de Baby et pour son petit check-up annuel. Le véto lui couperait aussi un peu les griffes, Arthur ayant une trouille bleue de lui faire mal. Il avait lu que les chats d'appartement ont besoin d'une petite manucure-pédicure de temps en temps. Les autres usent leurs griffes dans la nature. Elle était bouclée depuis des semaines afin d'éviter d'autres escapades anxiogènes pour le maître. La clinique vétérinaire était située à l'autre bout de la bourgade et avait bonne réputation, du peu qu'il en avait entendu.

Il s'installa à 10 h 50 dans la salle d'attente ce mardi-là, le panier en osier de Baby sur les genoux. Il ne cessait de lui parler sur le mode : « C'est juste une petite piqûre, ça ne fait pas mal du tout. Ne t'inquiète pas, surtout. Je suis là. Le vétérinaire va t'examiner les oreilles, sans doute le cœur, rien de grave. Je suis là, tout va bien, Baby. »

Ça n'avait pas l'air de la calmer et elle s'agitait de plus en plus, émettant des petits miaulements vindicatifs.

Une dame entre deux âges, assise en face de lui, un panier en plastique gris et rose à ses pieds, lui sourit et déclara gentillement :

— Désolée de me mêler de ce qui ne me regarde pas, mais vous êtes en train de l'angoisser. Vous êtes inquiet et ça se sent à votre voix. Donc, il se demande ce qui l'attend. Ou elle.

— Elle. Merci, madame. Vous avez raison.

Il se tut. Une jeune secrétaire vint le chercher. Arthur se fit la réflexion qu'elle était fine de traits avec de beaux cheveux brillants noués en queue-de-cheval.

La jeune femme se pencha vers le panier et gazouilla :

— Alors, Baby, nous sommes ravis de te voir. Allez, on y va, ma pucette.

Lorsqu'il pénétra dans le cabinet, une onde glaciale lui dévala dans le dos. Cette punaise d'Élisabeth Sandrelli, son apicultrice de voisine et sa maire !

— Ah non, pas vous !

— Si, je suis une des vétos de la clinique. Votre rendez-vous est tombé sur moi, je m'en serais passée. D'un autre côté, je soigne votre chatte, pas vous. D'ailleurs, je ne serais pas certaine de vouloir vous soigner, franchement. (Changeant de ton pour devenir maternelle et apaisante, elle ouvrit le panier, en extirpa Baby et déclara :) Bonjour, la magnifique siamoise *seal point* aux yeux turquoise. Contente de te revoir. Comment vas-tu, jeune fille ?

Elle déposa la chatte sur la table d'examen en inox et lui caressa durant quelques secondes les lèvres, les joues en remontant vers les oreilles, puis lui présenta la paume de ses mains. La chatte, très calme, renifla et sembla satisfaite. Le Dr Élisabeth Sandrelli expliqua :

— Elle m'a marquée. Je fais partie de son territoire. Les chats sécrètent des phéromones, grâce à des glandes situées au niveau du menton, à la commissure des lèvres, sur les tempes, etc. avec lesquelles ils marquent leur territoire. Cela explique qu'ils se frottent la tête contre les meubles, les humains et même d'autres animaux. Ce sont les leurs.

La visite se passa parfaitement bien, Arthur répondant par monosyllabes. Baby pétait la forme.

Un fois dans la voiture, il expliqua au panier d'osier installé sur la banquette arrière :

— Je ne peux pas supporter cette fille. Elle me crispe. Elle veut toujours avoir raison et, en plus, elle est véto ! Je veux dire par là que, à moins d'aller à Chartres, je vais me la cogner durant toute ta vie, Baby. Bien sûr, je pourrais exiger un autre véto, mais je risque de la vexer. C'est pas un reproche hein, juste un emmerdement. Parce que je pourrais sans problème m'engueuler grave avec *mon* médecin, j'en change et basta ! J'hésite. Je veux dire : je peux avoir besoin d'elle pour une urgence en pleine nuit ou un dimanche. En plus, là, je sais où elle habite. Impossible de me faire croire qu'elle n'est pas disponible. Non, c'est la barbe quoi, pas d'autre mot. Bon… *a priori*, on devrait la voir une fois par an pour les vaccins… on est encore dans le supportable.

Il se trompait. Depuis le temps qu'il tombait toujours à côté de la plaque, il aurait dû se méfier de ses pronostics.

Il continua ses travaux. Sa future chambre d'amis ou la sienne prenait belle allure. Il avait choisi de belles et larges dalles de grès anthracite pour le sol, afin de remplacer des tomettes partiellement explosées. Car oui, maintenant, il savait carreler. Sur les conseils de Muriel, qu'il avait quand même maudite durant des jours, il avait fait tomber le plâtre des murs pour révéler la pierre en dessous. Extatique, la patronne du Bar des Amis avait susurré :

— Oh, des murs en pierre apparente, avec un petit enduit à la chaux, c'est d'un chic. Et puis, avec ça, les acariens peuvent se brosser.

Chic, certes. Galère, encore plus. Il avait les articulations des phalanges de la main droite en sang, mal aux épaules (c'est physique, de piqueter), et il n'en pouvait plus de ces fichus murs. Pourtant, le résultat valait ses efforts et les sparadraps aux jointures de ses doigts. C'était vraiment réussi.

Ce matin-là, un petit gémissement plaintif de Baby lui fit tourner la tête. La chatte semblait avoir des difficultés à poser sa patte arrière gauche sur le sol. Il la surveilla comme le lait sur le feu durant toute la journée. Ah oui, elle avait du mal à marcher. Le lendemain, elle boitait de la patte arrière droite et gémissait parfois, très bas. Arthur se ramona le cerveau : c'était bien la patte gauche, hier, ou s'était-il emmêlé ?

— Comment tu t'es fait mal ? Tu ne sors plus.

Pas de réponse, juste un grand regard turquoise éperdu. Elle s'approcha du canapé et hésita à sauter. Il la souleva pour la poser sur un coussin. Ça n'allait pas du tout. Le soir, elle picora dans sa gamelle, avalant à peine quelques croquettes. On lui avait toujours dit qu'un animal qui ne mange plus souffre ou est malade. Il était 18 heures et, très inquiet, il prit rendez-vous en urgence pour le lendemain matin.

Bien sûr, le matin suivant, il tomba sur l'exécrable, l'odieuse Élisabeth Sandrelli. Il lui expliqua les symptômes. Elle écouta avec grande attention.

— J'ai l'impression qu'elle boite des deux pattes arrière, alternativement. Elle a mal, c'est certain. Elle a à peine mangé hier et très peu ce matin. Ça ne pourrait pas être de l'arthrose ?

— À trois ans ? J'en doute.

— Un… Enfin, des fractures ?

— Elle sort ?

— Non, plus du tout. Elle file chez vous pour rejoindre Barnes et j'ai peur qu'elle se fasse écraser.

— Donc, pas heurtée par un véhicule, pas pourchassée par un chien.

— Non… mais ça doit se voir, des fractures ? implora-t-il presque.

La chatte était allongée sur la table d'examen, son regard turquoise allant de l'un à l'autre.

— Écoutez, calmez-vous, monsieur Darrobat. On va trouver.

— Mais… mais je suis calme, juste inquiet, quoi. Enfin… normal.

— Pas de raison.

Il dut admettre, quand même, en dépit de toutes ses préventions contre cette femme, qu'il émanait d'elle un calme étonnant, une certitude paisible, quelque chose de communicatif. Sans doute une déformation professionnelle de ceux qui soignent les enfants ou les animaux. Ou alors un prérequis.

Elle manipula les pattes postérieures de Baby, les étirant, les pliant, elle examina ses coussinets, ses griffes, et déclara :

— Bon, ce ne sont pas les ligaments de ce qui correspond à nos genoux, ça produit un bruit caractéristique, ni ceux de la hanche. C'est bien. À la palpation, pas d'arthrose significative. Ça viendra, bien sûr, mais elle est jeune. Je ne vois rien. On passe à la radio.

Lorsque la vétérinaire revint avec les radios, la chatte entre ses bras, tranquille, elle annonça :

— Il n'y a rien. Aucune fracture.

— Enfin, il y a forcément quelque chose. On ne peut pas la plâtrer, le temps que ça aille mieux ?

Élisabeth Sandrelli le fusilla du regard :

— Déjà, on évite de plâtrer parce que, voyez-vous, monsieur Darrobat, il est très difficile de faire comprendre à un animal qu'il ne doit pas poser sa patte. Ensuite, je ne fais pas ce genre de geste sur une chatte qui n'en a aucun besoin ! Je peux vous prescrire un petit anti-inflammatoire non stéroïdien, et on voit.

Assise sur la table d'examen, Baby jugea qu'elle en avait fait assez et sauta avec grâce sur le sol. La queue bien dressée, elle inventoria la salle de consultation, renifla ici ou là. Sans aucune boiterie. Puis, ayant terminé son inspection, elle se propulsa d'un bond gracieux sur la table et se mit à ronronner.

Élisabeth Sandrelli sourit. Arthur dut reconnaître, à contrecœur, qu'elle avait un très joli sourire, lumineux. Elle demanda d'une voix amusée et douce :

— C'est une comédienne ? Beaucoup de chats et de chiens sont d'excellents comédiens. Ils comprennent très vite comment les bons maîtres fonctionnent. D'ailleurs, et c'est très évident chez les siamois, ils vous parlent. Les miaulements qu'ils adressent à leurs humains ne sont pas du tout ceux qu'ils réservent à leurs congénères.

Ils sont beaucoup plus variés, beaucoup plus expressifs. Ils ont un langage réservé à leurs maîtres, comme les chiens.

— Vous voulez dire qu'elle me mène en bateau, qu'elle se fait plaindre ?

— Sauf que ça ne se joue pas de cette façon dans sa tête. Elle veut quelque chose, vous ne le comprenez pas, elle se débrouille comme elle peut pour l'obtenir. À part cela, d'un strict point de vue médical, elle n'a rien. À moins d'un ostéosarcome… un cancer des os, une vraie vacherie… rien n'explique sa boiterie. L'ostéosarcome, assez rare chez le chat, survient vers dix ans, et pas sur deux pattes à la fois. D'autant que là, elle saute très bien et très haut. (Elle se pencha vers la chatte qui la détaillait et murmura :) Tu ne nous jouerais pas un peu la scène du II, ma chérie ?

Un « mâââhhh » traînant lui répondit.

Arthur se lança :

— Écoutez, je pense que Barnes lui manque beaucoup…

Élisabeth Sandrelli ferma les paupières et il se rendit compte qu'elle avait d'épais cils roux. Ça et ses taches de rousseur, sa jolie bouche… Non, tu ne l'aimes pas du tout. Arthur, elle est chiante ! Ses abeilles aussi. Arthur, tu ne nous fais pas une érection en plein cabinet vétérinaire, pour achever de te ridiculiser, d'autant qu'avec ton jean, ça va se voir. C'est une emmerdeuse de compétition qui veut toujours avoir raison, je te dis ! Couché, Arthur ! Elle t'a comparé à son ex-mari qui avait perdu sa tétine et ne s'en remettait pas. »

— … et j'ai pensé à une sorte de garde alternée. Je vous apporte Baby pour quelques heures, qu'elle soit heureuse avec son ami. Et parfois, je garde votre chien chez moi.

La réponse fusa, d'abord peu amène :

— Vous confier mon chien ? Jamais ! Mais je serai heureuse d'accueillir Baby. Barnes s'ennuie d'elle, c'est visible.

— Question idiote : pourquoi s'appelle-t-il Barnes ? Enfin, s'il existe une raison.

— Elle vaut ce qu'elle vaut. La raison, veux-je dire. Barnes and Noble est le plus gros libraire des États-Unis. Lire est une de mes occupations favorites dès que j'arrive à me coincer quelques heures de libre. Les saint-hubert, race belge, sont des chiens très prisés aux USA pour la chasse et par la police pour la recherche de disparus, de cadavres ou de criminels fugitifs. Ils possèdent un flair ahurissant. Les *Bloodhounds*. À part cela, ils sont placides. Ça s'est un peu télescopé dans mon esprit, et voilà.

De fait, le système de garde non alternée fut mis en place aussitôt. Il emmenait Baby dans son panier d'osier vers 14 heures et Élisabeth Sandrelli la ramenait vers 18-19 heures, hormis les week-ends ou les jours où elle était de « rurale » et partait soigner les animaux de ferme sans interruption, rentrant très tard et crevée, une vache étant moins « maniable » qu'un chat. Elle ne dépassait jamais le portail. Par courtoisie (vraiment ?), il proposa à quelques reprises de lui offrir un verre. À chaque fois, elle déclina : « Non, merci », sans même se creuser les méninges pour trouver un prétexte poli.

Arthur s'était pris d'une véritable passion pour les montres, côté boîtier. Il devenait sans le savoir encore un autre gardien du temps. Savoureux pour un homme qui avait découvert le bonheur du temps long.

Bathilde était un extraordinaire professeur. Il parlait assez peu, juste le nécessaire, mais montrait. Il montrait les montres. Il les démontrait. L'association de termes n'est pas aussi « facile » qu'on pourrait le croire puisqu'ils ont tous la même origine latine. Au début, Arthur avait craint que sa maladresse abîme une montre. Oui, maintenant, il savait pulvériser un mur à la masse ou débiter les bûches sans effort. Mais ces rouages, minuscules dentelles de métal, l'impressionnaient. Encouragé par Bathilde, il prit de l'assurance.

— Arthur, ce n'est pas aussi fragile que ça me paraît. C'est délicat, ce n'est pas la même chose. Une main d'homme est un outil fabuleux. Elle peut tuer d'un coup de poing ou caresser une femme aimée ou un bébé. Elle peut bâtir des cathédrales ou fabriquer de minuscules objets. Vous savez que les humains ont conservé les mains de nos lointains ancêtres les reptiles ? Comme les rongeurs, d'ailleurs. J'ai récemment entendu à la radio que le fœtus humain possédait des muscles reptiliens au niveau des mains. Ils disparaissent ensuite, sauf un, dans le pouce. Notre prodigieux pouce opposable, que nous partageons avec les singes, qui peut se rabattre vers la paume et les autres doigts. Ça nous permet de saisir et de manipuler une mince épingle ou une énorme bille de bois avec une grande dextérité. Déroutant, non ?

— Pourquoi ?

— Songez, Arthur… songez à toutes les mutations, certaines ratées, d'autres présentant d'énormes avantages, qui se sont accumulées pour arriver jusqu'au singe puis à l'homme. Les pieds et les mains de la plupart des autres mammifères ont tant évolué, jusqu'au pied du cheval, un doigt unique qui correspond à notre majeur. Je trouve sidérant et réjouissant que nous ayons conservé une particularité si ancienne, gommée par l'évolution dans pas mal d'autres espèces. Pourquoi cela ?

Ses grosses lunettes-loupe se tournèrent vers Arthur qui suggéra en riant :

— Pour que nous soyons capables de faire des montres ?

Le vieil homme éclata de rire à son tour. Redevenant sérieux, il s'enquit :

— C'est sans doute indiscret, mais… vous croyez en Dieu ?

— Je ne sais pas trop. En tous les cas, je L'ai détesté à la mort de ma mère. Si j'y crois, cela n'a rien à voir avec ce que la plupart des gens mette sous le mot « foi ».

— Un scientifique peut-il croire en Dieu ?

— Évidemment. La science et Dieu n'ont rien d'antinomique. Je crois d'ailleurs qu'ils ont été opposés de façon artificielle et trouble par certains dogmatiques, que ce soit dans un camp ou dans l'autre. Les religions ont toujours eu peur de la science, il y va de leur pouvoir. Elles ont tenté de la museler tant qu'elles ont pu. Parce que *la connaissance, c'est le vrai pouvoir*, comme disent les Anglo-Saxons. Mais les religions, ce sont des hommes. Pas Dieu, et quoi que l'on mette sous ce terme. Or, en dépit de notre extrême prétention, nous sommes faillibles, inachevés. De l'autre côté, les scientifiques, beaucoup d'entre eux, ont subi les foudres des religieux. Ça laisse une méfiance.

— Mais vous, si j'ose insister ?

— Selon moi, si Dieu il y a, nous ne pouvons pas le comprendre. Nous sommes trop limités intellectuellement, même les plus intelligents parmi nous. En plus, et on en revient aux montres, il y a la notion du temps. L'homme ne comprend le temps qu'à sa mesure. Mille-trois mille ans, on voit bien ce que cela représente aujourd'hui. Mais des millions d'années ? Des dizaines de milliards d'années ? Non, on ne peut pas l'intégrer. Or, si Dieu il y a, le temps n'existe pas pour Lui. Cela ne signifie rien à Son échelle. Il est le temps. Un milliard d'années, une minute, c'est la même chose. On va dire que je suis déiste, et encore, ce n'est pas une bonne définition. Je crois à un plan ordonné, sans avoir la moindre idée de ce qui est derrière. Dieu nous aurait créés à Son image ? Non, c'est l'inverse : les religions monothéistes ont créé Dieu à notre image. Or l'homme est souvent cupide, ou méchant et médiocre, parfois sadique. Ça ne cadre pas avec l'essence-Dieu. Dieu n'aurait pas bousillé Sa Terre ainsi que nous l'avons fait. Il n'aurait pas exterminé la moitié de Ses créatures en un siècle, ainsi que nous l'avons fait. Cependant, je ne doute pas que la prière pour ceux qui ont la foi soit un formidable médicament de l'esprit. Comme la méditation, d'ailleurs.

— Oui, je comprends votre raisonnement.

— Cela étant, d'un point de vue scientifique, tant de choses semblent ahurissantes, sauf lorsqu'on se projette dans un plan à très long terme. Que, donc, nous ne sommes pas capables de comprendre. Encore une fois, nous n'avons pas l'intelligence pour cela. Environ 10 % de notre ADN sert véritablement. Pourquoi ? Environ 20 % de nos neurones s'activent en même temps, même si l'imagerie moderne a montré qu'il n'existait pas de zone cérébrale « complètement silencieuse », bref, jamais utilisée. Pourquoi ? C'est un peu comme le cœlacanthe, ce gros poisson avec des nageoires charnues, qui préfiguraient des pattes, et des poumons dont il ne se servait pas sous l'eau, il y a quatre cents millions d'années. La sortie de l'eau était enclenchée. C'est du moins comme cela que je le vois. Je peux, bien sûr, être totalement dans l'erreur.

— J'ai cessé de croire en Dieu après la mort de Mathilde.

— Vous pensiez qu'Il aurait dû intervenir pour la sauver. Un peu comme Darwin, à la mort de sa fille.

— Oui. Je Lui en ai terriblement voulu.

— En vouloir à Dieu, c'est croire en Lui, non ?

— Ah, vous me titillez, là, Arthur ! J'aime ça ! Ça fait si longtemps que je n'ai pas parlé de cette façon. Ça me fait du bien au cerveau. Je pourrais discuter ainsi durant des heures. Vous voyez… de ce que nous sommes, nous autres humains. De ce qui nous fait. De quel fil nous sommes tissés. Vous aimez les rognons de veau ? Je les cuisine très bien, à la crème et flambés au cognac, avec des petites patates. Attention, il s'agit de veau charolais, pas n'importe quoi.

— Je n'en ai jamais mangé.

— Mais vous n'avez pas d'aversion pour les abats.

— Ma mère me préparait du foie de veau. J'aimais bien.

— Un client éleveur m'en a offert. Je les cuisine ce soir. Ça me ferait vraiment plaisir de les partager avec vous. J'ai un bon vin, aussi. Si vous pouviez apporter le pain, j'apprécierais. Ça m'éviterait d'aller à la boulangerie. Je n'ai pas une passion pour les boulangers.

Comme ça, on pourra discuter de tout, de rien, du monde, de l'amour, de Dieu, des montres et des arbres.

— Avec plaisir, vraiment. Je me rentre pour donner à manger à ma chatte. Elle est chez Élisabeth Sandrelli cet après-midi.

— Ah, en d'autres circonstances et si j'étais beaucoup plus jeune… je lui aurais fait la cour.

— Elle est quand même carne, non ?

— Je ne le crois pas, sourit le vieux monsieur. Elle est prudente, c'est très différent. Bon, je ne prétendrais surtout pas que j'ai une vaste expérience de la gent féminine.

Bathilde avait une idée en tête depuis quelque temps. Les deux « jeunes » qui lui plaisaient le plus, Élisabeth et Arthur, étaient tous deux célibataires. Un petit coup de pouce ? Un coup de pouce très discret. Il ne faut jamais braquer les gens. Toutefois, arranger les rouages d'une attraction sentimentale lui plairait assez. C'est très délicat, une attraction, une séduction, un peu comme une montre précieuse. Ensuite, ça fonctionne admirablement durant des décennies. Durant une longue vie.

Ainsi qu'Arthur l'avait prédit, un essaim s'était formé sous le toit du bûcher. Il avait regardé sur Internet à quoi ressemblaient les rayons de ponte et de stockage de miel. Des sortes de grandes tranches de brioche, rondes et beiges. Il avança et ne remarqua rien de tel. Quelques abeilles voletèrent autour de lui, cherchant surtout à l'éviter. Lorsqu'il sonna vers 13 h 45 chez Élisabeth Sandrelli, portant le panier d'osier de Baby, il lui raconta sa découverte.

— Ne faites rien. Je téléphone au cabinet pour prévenir que j'aurai un peu de retard et je viens récupérer l'essaim.

Elle débarqua dix minutes plus tard avec une ruchette de transport et un enfumoir. Elle portait un jean, une chemisette à rayures bleu clair qui découvrait un triangle de peau à peine hâlée. « Ça va, Arthur, on pense à autre chose qu'au joli décolleté de la dame ! »

Elle s'approcha de l'endroit qu'il lui désignait. Sidéré, il s'enquit :

— Vous ne mettez pas de protection… de… ce chapeau avec un voile ? Des gants ?

— Inutile.

— Non, non… attendez…

— Reculez-vous, s'il vous plaît. Vous paniquez et, si je le perçois, elles aussi.

— Je ne vous autorise pas à prendre ce genre de risques, surtout chez moi, s'insurgea-t-il. Vous arrêtez et revenez avec un équipement digne de ce nom !

— Reculez-vous, répéta-t-elle.

— Je suis chez moi, bordel ! éructa-t-il.

— Oui, mais c'est mon essaim, contra-t-elle avec calme.

Il ne pouvait quand même pas la ceinturer et la plaquer au sol, ou la foutre à la porte *manu militari*. Il était plus grand et plus lourd qu'elle et risquait de lui faire mal. Et puis, il s'agissait d'une femme. Du coup, faute d'options, il s'emporta :

— Mais vous êtes chiante, chiante ! On vous l'a déjà dit ?

— Oui. Notamment mon ex-mari.

— Et alors ? Vous avez raison parce que vous avez raison ?

— Non, j'ai raison parce que vous avez tort. Et puis, si une abeille vous pique, elle meurt. Le dard planté dans votre peau entraîne son intestin lorsqu'elle redécolle, contrairement aux guêpes ou aux frelons. Qui peuvent donc vous repiquer aussitôt. Je doute qu'elles en aient conscience mais peut-être un instinct les encourage-t-il à ne piquer qu'en cas de nécessité absolue, du moins à leurs yeux. Vous ne connaissez rien aux abeilles. C'est mon métier.

— C'est cela : vétérinaire, maire, apicultrice et grand chef sioux, aussi ?

— Ce que vous ne comprenez pas, c'est qu'il s'agit de la même chose. Qu'ont en commun toutes ces professions, occupations, et même celle de cheffe sioux ? Écouter, regarder, comprendre au-delà de son schéma, de son formatage. Ça sous-entend de penser que l'autre être, quel qu'il soit, a quelque chose à dire, à faire passer. Qu'il a sa façon de voir le monde, et ce n'est pas la vôtre. C'est un tout. Oublier que l'on est soi, arrêter de croire que je/vous/nous sommes la chose la plus importante de l'univers. Se mettre dans la tête de l'autre. Ça marche avec les humains, les chiens, les chats, les vaches et les abeilles, bref avec tout le monde. Dans le cas du chef sioux, ça devait marcher avec les ours et les loups, je suppose. Vous réfléchissez en humain. Seulement en humain et, pire, en « Arthur ». Vous vous êtes, comme beaucoup de nos semblables, détachés du *tout*. D'ailleurs, vous ne savez même plus ce qu'est « le tout ». À ce sujet, elles reconnaissent les visages humains, vous savez. Soyez gentil, reculez-vous. Elles ne m'attaqueront pas. Vous, si.

Paniqué jusqu'aux doigts de pied, il la vit s'avancer vers l'essaim bruissant, le décrocher lentement et le déposer sur la ruchette de transport, environnée d'une multitude d'insectes. Après une minute d'hésitation, les abeilles s'enfoncèrent à l'intérieur[1]. Élisabeth déclara :

— J'ai la reine. Sans cela, elles repartaient et reformaient un essaim autour d'elle. Vous voyez, pas une ne m'a piquée. Je vais enfumer le coin qu'elles avaient adopté. La reine a laissé des phéromones et d'autres abeilles risquent de s'y installer. Ça recouvre un peu la trace. Bon, ce n'est pas garanti. Elles essaiment beaucoup depuis deux ans. Surtout cette année. J'ignore si mon vieux mentor en apiculture, Bernard, a raison, mais je trouve sa théorie très poétique et assez rassurante. C'est un peu l'hypothèse Gaïa. Vous avez lu James Lovelock[2] ? Non, d'ailleurs, à votre tête, vous savez à peine qui c'est. Je vous passerai ses ouvrages. Quoi qu'il en soit, Bernard pense que si les abeilles essaiment tant, c'est qu'elles luttent instinctivement contre leur disparition. Elles tentent de rejoindre l'état sauvage pour s'éloigner de nous et survivre, en dépit de nous. C'est joli, non ?

— Ouais, enfin, ce sont des abeilles, quand même. N'exagérons pas.

---

1. À ne surtout pas tenter. J'ai vu, de mes yeux, deux apiculteurs capables de procéder ainsi, sans aucune protection. C'est exceptionnel et sidérant et il s'agit peut-être d'un « don » (?). Les Américains appellent ces gens des *bee-charmers* (des « charmeurs d'abeilles »). Ils sont rarissimes. Ils sont parfois piqués et affirment qu'ainsi, ils se désensibilisent des effets du venin (du moins pour ceux qui ne deviennent pas allergiques). L'injection de microdoses de venin purifié d'hyménoptères est d'ailleurs une méthode utilisée en médecine pour désensibiliser des sujets allergiques.

2. James Ephraim Lovelock (né en 1919), scientifique et environnementaliste britannique.

— Certes. Mais nous avons besoin d'elles, la Terre a besoin d'elles. L'inverse est faux. Ni la Terre ni les abeilles n'ont besoin de nous. Bon, je file. Si elles revenaient, prévenez-moi.

Quand les atomes n'en font qu'à leur tête et deviennent crochus.

Arthur termina son dîner d'une omelette aux champignons de Paris accompagnée d'une salade. Il n'avait pas encore tout à fait confiance dans les locaux qui offraient ou vendaient pour trois fois rien des cèpes de Bordeaux ou des trompettes de la mort, très bien représentés dans le coin. Il attendrait que Muriel « aille aux champignons ». En elle, il avait une confiance absolue. Et même qu'il l'accompagnerait si elle voulait bien de lui. Ainsi, il apprendrait à les reconnaître. Muriel déclarait :

— Je n'en cueille que trois sortes : les cèpes, les chanterelles, les trompettes, parce que je suis certaine de ne pas commettre d'erreur.

Rassurant.

Baby allait beaucoup mieux depuis qu'elle revoyait Barnes. De fait, sa boiterie n'avait été qu'une grosse comédie. Dès qu'il débarrassa son assiette, elle sauta au sol et rejoignit SON canapé.

Il avait un peu discuté avec Muriel d'Élisabeth Sandrelli. C'était une groupie de la maire. Muriel ne mâchait pas ses mots :

— Attendez, avec la dynastie de fossiles qu'on s'est tapé durant trente ans ? Le grand-père, le père, et on a évité le fils de justesse. La gamelle était bonne. Ils ont bien vécu, ne vous inquiétez pas. Mais rien, ils n'ont rien fait, sauf serrer les pinces et embrasser les « petits n'enfants », quelques mois avant chaque élection. Ah si, papy et son rejeton nous ont collé deux mini-ronds-points à l'anglaise en sortie de ville, sur des routes latérales où ne passaient que six-sept voitures par jour. Le pognon n'a pas été perdu pour tout le monde, vous pouvez en être certain. Non, Élisabeth, depuis cinq ans, c'est fou le nombre de choses qu'elle a obtenues. On a eu l'assainissement collectif, le gaz de ville, la fibre pour le bourg, le supermarché des Tuvache, la boulangerie et un cabinet d'infirmières. Ben, ça change la vie. Elle a du caractère, et pour ce genre de job, il en faut.

— Écoutez, Muriel, je vous crois complètement. Pourtant, je ne la trouve pas sympa avec moi. Et même plutôt réfrigérante.

À la façon dont elle le regarda, il sentit que Muriel avait discuté de lui avec leur maire. Elle hésita :

— C'est pas personnel. Je veux dire, ce n'est pas « vous, Arthur ». Bon, je vous explique : il y a trois ans, un couple de Parisiens avec un petit bébé s'est installé. Nous, on est contents quand des nouveaux arrivent. Ça fait de l'animation, ils retapent de vieilles maisons, ça fait vivre notre petit commerce et apporte des taxes au village. Ceux-là ne sont jamais venus boire un café chez moi. Ils n'avaient pas déballé leurs cartons de déménagement qu'ils ont commencé à casser les pieds. Il fallait supprimer la cloche de l'église alors qu'ils habitaient à 300 mètres et qu'elle ne sonne brièvement qu'à 7 heures, midi et 19 heures. En revanche, lorsque eux avaient leurs potes de Paris pour une fête, ils pouvaient faire hurler la musique jusqu'à 6 heures du matin. Et pas qu'une fois puisqu'on s'est même demandé s'ils ne louaient pas leur maison pour cela. Ils voulaient ci, ils exigeaient ça. La femme s'était plainte que les tracteurs prenaient trop de place sur les départementales, et qu'elle ne pouvait pas les doubler. Ouais cocotte, on est en zone rurale ! Les poules du voisin les gênaient et il n'a même pas de coq. Ils ont fini par déménager deux ans plus tard pour acheter un appartement à Chartres. Gros « ouf » de soulagement. Ce que je veux dire, et ce n'est pas méchant, c'est que pas mal de citadins partent à la campagne sans rien en connaître et surtout sans l'aimer. Pour nombre d'entre eux, c'est lié à la cherté des logements dans les très grandes villes, notamment Paris, et aux surfaces exiguës. Or, c'est une vie différente. Il faut vraiment être prêt à sauter le pas. À changer de priorités, et ce n'est pas toujours simple. Vous ne pouvez pas vous installer chez nous en espérant être toujours à Paris, en beaucoup moins cher et en pensant que les autres sont des ploucs, indignes de vous. Forcément, ça fait des déçus et parfois des frictions. Attention, je ne dis pas qu'il n'y a pas d'emmerdeurs locaux. Je peux vous en citer quelques-uns.

— Ah, je comprends mieux, et ça me soulage, ce que vous me dites, Muriel. Moi, je me fais très bien à ma vie de néoplouc !

Muriel sourit et conclut :

— Franchement, je crois qu'Élisabeth a craint que vous soyez juste un « implanté », un « accouru ».

— Qui signifie ?

— L'inverse d'un intégré. Je veux dire par là que, lorsqu'on arrive chez des gens, il faut faire preuve d'un peu d'humilité. Il faut faire le premier pas vers les autres. C'est juste de la courtoisie. Et ensuite, tout se passe bien. Il y aura toujours des gens qui vous verront comme un « étranger » ou ceux qui tenteront de tirer profit de vous « parce qu'un Parigot, bref un citadin, ça n'y connaît rien et qu'ils peuvent payer. » Mais ce n'est pas la majorité. Loin de là. Et puis, le respect, ça se gagne.

Cette nuit-là, Baby collé contre son flanc, il rêva à nouveau de grandes ailes membraneuses, translucides. Il était allongé dans l'herbe et clignait des yeux sous l'effet de la lumière solaire. Il se sentait terriblement bien. Les ailes oscillaient courbant légèrement la pointe des brins d'herbe, l'éventant à peine.

Quand on ne se rend pas compte à quel point un brin d'herbe donne de la hauteur.

Arthur Darrobat termina son café sur la simili-terrasse qu'il s'était aménagée, devant la maison. « Terrasse » était un terme très optimiste puisqu'il s'agissait en fait d'une surface de pelouse assez plane pour que la petite table de jardin ne tangue pas au moindre mouvement. À chaque jour suffisait sa peine et il y penserait de façon plus structurée dans quelques mois. Il voyait bien une plage en dalles de pierre gris foncé, ou en brique ancienne. À creuser.

Une *demoiselle* se posa sur son avant-bras nu. Il ignorait ce qu'étaient ces insectes. Ça ressemblait à une petite libellule. D'abord un frisson de dégoût. Il résista à l'impulsion de la chasser de la main. Son corps rosé était si frêle, si menu et ses larges ailes translucides. Ailes qui caressèrent sa peau, une caresse à peine perceptible. Comme le baiser des cils d'une femme sur un ventre, une cuisse. Les cils roux d'Élisabeth Sandrelli. « Arrête avec ça ! » Il sentit la minuscule pression des pattes de la demoiselle sur son bras. Elle était belle, d'une sidérante perfection géométrique. Elle sembla se reposer quelques secondes puis s'envola pour atterrir sur un brin d'herbe, non loin de ses pieds. Ses ailes frémirent. Si fines, si fragiles et pourtant si puissantes. Soudain, il comprit. Soudain, la remarque acerbe d'Élisabeth lui revint : *D'ailleurs, vous ne savez même plus ce qu'est « le tout »*. Il s'adressa à l'élégant insecte et murmura :

— Du haut de ton brin d'herbe, tu vois bien la Terre, n'est-ce pas ? Tu la vois beaucoup mieux que moi. Mais j'apprends. Je m'applique. Je comprends plein de trucs dont je n'avais même pas idée. C'est grisant.

La demoiselle décolla avec grâce et disparut. Ses quelques rêves d'ailes translucides et réconfortantes lui revinrent. Des demoiselles ?

Il se sentit si bien, si à l'aise dans sa peau d'homme. Il se leva et se dirigea comme chaque jour vers le bûcher. Il vérifiait si un essaim d'abeilles n'était pas en formation. Il s'avança jusqu'au fond, sans appréhension. Il venait enfin d'admettre la vérité : non, il ne craignait pas un nouvel essaimage. Il l'espérait parce que cela signifiait qu'Élisabeth reviendrait chercher ses abeilles aventureuses. Bien que déçu (pas l'ombre d'une bestiole), il partit à rire.

OK, autant l'accepter, cette femme lui plaisait terriblement. Il n'était pas du tout certain que la réciproque soit exacte. Le plan drague bateau n'allait pas fonctionner. Le calamiteux « Vous avez un très joli sourire », le bidon « On pourrait peut-être dîner quelque part » dans une bourgade où tout était fermé à 19 heures ou, après de fébriles recherches chez des libraires d'occasion « Tiens, j'ai découvert par hasard dans mon grenier un ouvrage d'apiculture du XIXe siècle. Ça peut vous intéresser ? Passez un soir. On en profitera pour discuter autour d'un verre ». Non, ça ne cadrait pas du tout avec la personnalité de la dame et le fait que, jusque-là, ils s'étaient surtout engueulés. Que tenter ?

De son côté, le gardien des secondes, le petit maître des horloges, avait beaucoup réfléchi à son coup de pouce, un coup de pouce très subtil, aussi subtil qu'un mécanisme de belle montre. Il faut dire que Bathilde connaissait le temps long mieux que personne, puisqu'il réparait le temps depuis plus d'un demi-siècle. Et il en faut parfois, du temps, pour réparer le temps. Bathilde savait tout de la patience du temps. Il avait compris bien longtemps auparavant que, si l'on souhaite que le temps devienne un allié, on nage avec lui, dans son courant. On ne lutte pas contre lui, c'est voué à l'échec.

Ce dimanche-là, comme tous les autres, Arthur boucla Baby à la maison afin qu'elle ne joue pas les filles de l'air. C'était convenu avec Élisabeth, pas le dimanche, elle avait autre chose à faire que de s'occuper de la siamoise. Vers midi et demi, une odeur affamante lui parvint : celle de la viande rouge au barbecue. Jamais, depuis l'arrivée d'Arthur, la véto n'avait préparé de barbecue. Avec un pincement jaloux, il se demanda si elle recevait des amis… ou un mec. Il décida d'en avoir le cœur net et grimpa sur l'escabeau qui lui permettait de mater la maison et le terrain de sa voisine au-delà de leur mur de séparation. Certes, il s'efforça à la discrétion. Raté, avec un chien d'une race réputée pour son flair. Barnes, affalé à 1 mètre de sa maîtresse, tourna la tête vers lui et y alla de quelques aboiements.

Élisabeth le découvrit, en équilibre instable, espionnant chez elle.

Pas crédible un instant, s'enfonçant allègrement dans le ridicule, Arthur se sentit obligé d'expliquer :

— Euh… je vérifiais les tuiles du mur… quelques-unes sont très abîmées. Il faut les changer à cause des infiltrations d'eau de ruissellement.

— Bonjour, Arthur.

— Oui, bonjour, en effet.

Un rapide coup d'œil lui permit de vérifier qu'elle semblait seule, avec son chien.

— Ça sent drôlement bon.

— Côte de bœuf limousine, avec moelle et pommes de terre sautées. Le cadeau d'un ami pour Barnes.

— Vous avez quand même le droit d'en manger un peu ? plaisanta-t-il.

— C'est moi qui cuisine. Je mérite salaire. Pas loin de 2 kilos, on devrait s'en sortir. D'ailleurs… si ça vous tente, je pense que Barnes partagera. On en gardera un petit morceau pour Baby. À couper fin.

— Oui-oui, tout à fait. J'arrive. J'apporte le vin.

Il dévala l'escabeau en s'efforçant de ne pas s'affaler et fila vers la maison. Il se contempla dans le grand miroir scellé au-dessus de la cheminée du salon. Pas mal. La barbe de deux jours, ça passe bien. Peut-être une chemise blanche décontractée, flottant sur le jean… pas ce vieux tee-shirt fatigué. Il se changea à la vitesse de l'éclair, y alla d'une petite tartine de déodorant, tout en songeant : « Ballot ! Tu n'en es quand même pas à ton premier rencard. D'ailleurs, ce n'est pas un rencard ! Ne te fais pas d'illusions, la chute risque d'être rude. »

Le déjeuner dehors fut une réussite. Elle déposa devant eux un plat de tranches de côte de bœuf cuites à la perfection, ni trop ni trop peu, entourées de petites patates rissolées, ainsi qu'une assiette de moelle fumante et de toasts. Arthur ne se souvenait pas en avoir jamais goûté et demanda :

— Ça se mange comment ? Euh, c'est comme de la cervelle ?

— Non. Il s'agit de moelle osseuse, pas de moelle épinière. Rien à voir. C'est délicieux tartiné sur du pain grillé avec une pincée de sel, du moins quand on aime. Très gras aussi. Surtout, ne vous forcez pas. Barnes et moi la mangerons sans problème. Je ne la cuis pas sur la viande. Ça part souvent en huile ou alors ce n'est pas assez cuit. Je fais frémir les os dans l'eau durant une petite heure. Comme cela, Barnes récupère aussi les os. Excellent dentifrice pour un chien. Enfin, les gros os de bœuf ou de veau.

Elle était drôle, dans un registre d'autodérision qu'il aimait beaucoup. Elle était terriblement intelligente et voyait, elle, très bien la Terre du haut des brins d'herbe. Bordel, qu'elle lui plaisait ! Même qu'il se sentait un peu amoureux. Pas mal. Toute la difficulté maintenant consistait à découvrir si elle le trouvait au moins à son goût. Pas facile.

Elle découpa un bon quart de la côte de bœuf en petits morceaux pour Barnes, et précisa d'un ton lointain et qu'Arthur trouva triste :

— Pas de pommes de terre. Ça fait grossir les carnivores. Quoique… Deux ou trois ne lui feront pas de mal.

Le vieux chien savoura ce beau cadeau.

— C'est sympa de la part de votre ami. Une côte de bœuf, c'est quand même le summum, pour un chien.

Elle lui jeta un long regard et il sentit qu'elle luttait contre les larmes. Interdit, il ne sut quoi faire. Elle reprit :

— Il s'agit de Bathilde, un cadeau d'un client. C'est un amour. Il est venu jusqu'au cabinet pour me l'offrir en expliquant que c'était beaucoup trop pour lui, que cela convenait au moins à trois gros mangeurs.

Elle prit une longue inspiration, ces inspirations dont on espère qu'elles vont tarir une crise de sanglots imminente, et poursuivit :

— Barnes ne mange plus beaucoup… mais la viande rouge, ça passe. Il s'agissait pourtant d'un vorace. Il sera euthanasié la semaine prochaine. Par un confrère. Je ne peux pas. C'est la fin. Il commence à souffrir. J'ai fait tout ce que j'ai pu. Je suis à court de solutions. Il est bourré de corticoïdes et je crois que Baby le sait. Elle l'accompagne vers la fin.

Une larme roula de ses épais cils, puis une autre. Arthur avait envie de la prendre entre ses bras, de la bercer contre lui mais n'osait pas. Il demanda :

— C'est un cancer ?

Elle s'essuya les yeux d'un revers de main et :

— Oui. Un hémangiosarcome splénique, un cancer de la rate métastasé. La rate est un organe très vascularisé. Ça aide à la dissémination des métastases. Le pronostic est mauvais, d'autant qu'il s'agit d'un chien de presque quatorze ans, au-delà de la longévité de la race.

— Vous ne pouvez pas opérer ?

— À ce stade, ça ne lui offrirait que quelques ridicules mois de survie, avec des suites opératoires lourdes. Je ne veux pas. Je veux qu'il parte sans souffrances inutiles. Mais bon, ça ne va pas être facile. Excusez-moi, je vais chercher la salade, lança-t-elle.

Elle fila vers sa maison et il comprit qu'elle souhaitait pleurer seule. De fait, lorsqu'elle revint, la racine de ses cheveux était mouillée. Elle avait dû s'asperger le visage d'eau froide. Arthur remarqua une cicatrice de quelques centimètres, plus pâle, en forme de demi-lune au niveau de sa tempe droite. Il eut envie de l'embrasser, de poser ses lèvres sur cet accent grave de peau. Il était tant bouleversé par cette femme, par son terrible chagrin, par ce vieux chien, qu'il proposa :

— Si je peux faire quelque chose… vraiment n'importe quoi… Je ne sais pas… venir vous chercher… après… ou creuser une tombe… ou…

— C'est gentil. Ça se fera à la maison, après anesthésie, afin qu'il soit entouré de son monde, de ses odeurs. Il sera incinéré et ses cendres répandues dans son jardin. Changeons de conversation, s'il vous plaît. Il nous regarde. Il sent que nous sommes tristes mais ignore pour quelle raison. L'empathie des animaux avec leurs maîtres n'a rien d'une fable.

Arthur se rendit compte que, au-delà de l'attirance sexuelle qu'il éprouvait à son égard, il voulait avant tout lui faire du bien, alléger son chagrin. Arthur aurait dû additionner 2 + 2 : vouloir du bien à une femme/homme, gratuitement, sans aucune contrepartie et la(e) désirer = l'amour. Il n'en était pas encore là.

Décidée à abandonner ce sujet trop douloureux, elle lança avec une feinte jovialité :

— Vous savez que notre grande kermesse annuelle se tient le troisième dimanche de septembre, lorsque la plupart des fruits sont récoltés et que nos administrés ont réalisé leurs compotes et confitures ?

— Non, je l'ignorais. Le but de la kermesse ?

— On vend tout ce que l'on peut, notamment des conserves et confitures, mais aussi des vêtements, des bibelots, des outils, et l'argent collecté permet de financer un petit voyage pour les enfants de l'école. C'est toujours un moment très agréable, gai, familial. Vous avez des choses à offrir ?

— Pas vraiment. Je me suis allégé au maximum en quittant Paris. J'ai même vu trop minimaliste. Et vous donnez quoi ?

— Des gâteaux, des pots de miel. Vous avez devant vous la reine du quatre-quarts à tous les parfums. Des cakes salés-sucrés aussi. Je propose une petite visite de contrôle pour chien ou chat, à 8 euros. Pas mal de gens ne vont pas chez le véto : au-delà des habituels radins, beaucoup aiment leurs animaux, au point de se priver pour eux, mais comptent chaque sou. On n'est pas riche, dans le coin, vous savez. Bon, il y a quelques importants propriétaires terriens mais le reste vivote avec des retraites ou des salaires assez modestes. D'accord, il est plus facile de se débrouiller à la campagne. Ça coûte moins cher, il y a la famille et les voisins.

— Je réfléchis… euh… je peux donner des cours de chimie ?

Elle sourit. Il adorait son sourire. Un vrai beau sourire qui lui faisait plisser les paupières et lui étirait les yeux vers les tempes.

— Vous avez une curieuse conception du « dimanche festif et décontracté ». On peut aussi ajouter des cours de maths pour faire fuir tout le monde ?

Amusé, Arthur protesta :

— C'est marrant comme tout, la chimie ! D'ailleurs, vos cakes et autres, c'est quoi ? Une réaction chimique du bicarbonate de soude avec un acide, en général l'acide tartrique. Ça libère du gaz carbonique, CO_2, et le gâteau monte. Le flan aux œufs ou l'omelette, qui transforment des aliments liquides ou semi-liquides en aliments solides : dénaturation des protéines. Et pourquoi devez-vous faire tremper les légumineuses, hein[1] ? Et votre mayonnaise : une émulsion froide eau-huile stable, normalement irréalisable, mais rendue possible parce que le jaune d'œuf contient des tensioactifs, la lécithine, qui permet aux deux phases de se réunir et de tenir ensemble. Il n'y a pas de tensioactif dans la vinaigrette, une tentative d'émulsion entre l'huile et le vinaigre qui est de l'eau. Donc, ça se sépare toujours. Tac ! Vous me filez n'importe quelle recette et je vous explique les réactions chimiques à la base. Ah oui, je me vois bien en bateleur de foire. On fait payer la place 2 ou 3 euros, et tout le monde ressort en songeant que, finalement, la chimie c'est simple et avec un résultat d'expérience : une tranche de vos gâteaux.

— Vu comme cela, ça devient séduisant, approuva-t-elle. On va organiser cela, et puis ça changera.

---

1. Parce que certaines contiennent d'importantes quantités de lectines, toxiques. Le trempage les élimine partiellement et la cuisson réduit encore leur concentration.

Lorsque les planètes s'alignent, pas toujours sans heurt, pour réaliser le vœu d'un gardien des secondes.

Arthur Darrobat consacrait maintenant deux bonnes heures, trois jours par semaine à l'horlogerie, dans l'échoppe de Bathilde. Le vieux monsieur était ravi des progrès fulgurants de son élève, assidu, imaginatif et à l'affût de conseils. Arthur s'en félicitait pour plusieurs raisons. D'abord, il s'était enfin découvert une passion en dehors de la chimie organique. Ensuite et surtout, la charmante mais difficile Élisabeth Sandrelli commençait un peu (pas mal) à virer à l'obsession. Aussi, trouver un autre domaine de concentration lui faisait-il des vacances. Et puis, les montres et pendulettes, c'est carré une fois qu'on les connaît et qu'on maîtrise de mieux en mieux l'art d'horloger. Les rapports humains tendance amoureuse sont largement plus complexes, version sables mouvants.

Ce mardi-là, lunettes d'extraterrestre sur le nez, feignant de se concentrer sur un mécanisme, Bathilde lança, d'un ton détaché :

— Vous avez déjà songé au mariage ou au pacs ? Enfin, aujourd'hui, je ne sais plus trop si on se marie… À une relation stable, quoi ?

Sans imaginer un instant que le gardien des secondes avait une grosse idée derrière la tête, Arthur répondit :

— Pas vraiment. Je pense que je n'ai pas rencontré l'âme sœur.

— Ah, quelle jolie expression. Et c'est vraiment de cela qu'il s'agit. Mais vous n'y êtes pas opposé ? Je veux dire, le célibat n'est pas un choix définitif pour vous ?

— Non. Ça semble vous inquiéter. Pourtant, Bathilde, vous avez bien choisi de rester seul après le décès de Mathilde.

— Ça n'a rien à voir, sourit le vieux monsieur en tournant la tête vers lui. J'avais rencontré mon âme sœur. Je ne crois pas qu'il en existe plusieurs dans une existence. Ou alors peut-être pour les plus chanceux.

Épaule contre épaule derrière le petit établi, ils continuèrent à travailler en silence quelques minutes. Silence seulement rompu par des « Eh merde » ou des « Pfffff » d'Arthur lorsqu'une minuscule pièce lui résistait ou lui tombait des doigts.

— Je vais avoir quatre-vingt-deux ans fin octobre, vous savez ?

— Alors on organise une petite fête chez moi, proposa aussitôt Arthur. Une dizaine de convives qui vous aime et que vous aimez. Avec un peu de chance côté météo, on fera le dernier barbecue de l'année, avec des salades. Sans cela, gril dans la cheminée. Un dimanche afin que Muriel puisse venir.

— Ça me ferait rudement plaisir, ça. Et puis, Guillaume le facteur, Sandrine et Cédric les garagistes,

Marco le garde champêtre, Maryse et Claude Tuvache, Corinne, la coiffeuse qui vient encore à domicile pour les vieilles personnes, et son compagnon. Ségolène et son fils. Quelle perle, cette infirmière. Je ne sens même pas l'aiguille lorsqu'elle me pique. Et bien sûr Élisabeth. Ça vous va ? J'ai invité trop de gens chez vous ? Je suis gonflé, quand même ! pouffa-t-il.

— Ça me va très bien. Je ne connais pas Ségolène, mais une infirmière peut toujours servir, plaisanta Arthur.

— Elle est brave comme tout. Une sacrée bosseuse, en plus. Son mari est mort jeune. Un stupide accident de travail. Remarquez, ils sont toujours stupides. Il était couvreur. Elle exerçait à Chartres avant qu'Élisabeth obtienne qu'un cabinet infirmier ouvre chez nous. Vous saviez qu'elle avait recousu Élisabeth, quelques mois avant votre arrivée chez nous. Quelle histoire !

Puisque tout ce qui concernait la maire le fascinait maintenant, Arthur s'enquit :

— Quelle histoire ?

— Figurez-vous qu'une infirmière n'est pas autorisée à faire une suture, sauf dans des conditions très particulières, et avec une ordonnance dûment signée. Bref, pourquoi faire simple quand on peut faire compliqué ? Donc, ça reste strictement entre nous. Nous ne sommes que quelques personnes dans le secret. Deux types ont tenté de voler des ruches d'Élisabeth, en pleine nuit, chez elle. Au lieu d'appeler les gendarmes, elle s'est précipitée sur eux, armée d'une bûche qu'elle avait ramassée au passage. Elle en a cogné un et l'autre l'a violemment repoussée. Elle s'est affalée et sa tempe a heurté le tranchant d'une pelle. Elle est tombée dans les pommes quelques secondes et, quand elle s'est reprise, les sales types avaient disparu et elle saignait en abondance.

— Des vols de ruches ?

— C'est de plus en plus fréquent. Au mode opératoire – ces gens savent comment procéder – et aussi parce qu'ils ne détruisent pas les abeilles même quand ils ne volent que le miel, Élisabeth est certaine qu'il y a des apiculteurs dans le tas. Ceux-là piquent les ruches au printemps ou en été. En effet, il ne faut pas déplacer les abeilles en hiver. La population de la ruche diminue considérablement et les abeilles s'agglutinent autour de la reine en grappe, pour la protéger du froid.

— Comment osent-ils faire cela à un autre apiculteur ? s'indigna Arthur.

— Ils sont en train de perdre leurs essaims et tentent de les remplacer. C'est aussi l'expérience d'un de ses collègues, Serge, qui s'est fait dérober dix ruches l'année dernière. Il travaille avec sa fille, qui prendra la relève. J'ai oublié son nom. Il les a retrouvées chez un apiculteur éloigné d'une cinquantaine de kilomètres qui, lui aussi, s'était fait voler des ruches. En revanche, lorsqu'il s'agit de vols énormes, à n'importe quelle saison, cent-cent cinquante ruches qui disparaissent dans la nuit, là on pense plutôt à des bandes organisées. Tout cela passe la frontière dans la nuit, et terminé ! La demande de miel explose, une colonie d'abeilles avec reine vaut pas loin de 200 euros et il y en a de moins en moins. CQFD. Et puis, comme Barnes est devenu un peu sourd… il n'entend plus trop les intrus discrets.

— C'est la cicatrice qu'elle porte à la tempe ?

— Oui. (Bathilde rit et poursuivit :) Ah, quelle histoire ! Donc, Élisabeth a filé au cabinet infirmier dès

6 heures du matin. Elle a apporté une dose d'anesthésique local pour vaches et a demandé à Ségolène de la recoudre. Celle-ci a d'abord refusé et lui a conseillé d'aller à Chartres. Élisabeth s'est emportée… elle a du caractère, comme vous l'avez constaté… et décidé : « Je n'ai pas le temps d'y passer la journée. C'est désinfecté. Au pire, je me recouds moi-même. Ça sera moins esthétique. Pour les antibios, j'ai ce qu'il faut. »

— Elle se serait recousue elle-même, au-dessus de l'œil ? répéta Arthur, entre stupéfaction et admiration.

— Elle sait faire. Du coup, Ségolène a accepté. (Bathilde marqua une pause, puis soupira avant de reprendre :) Arthur, je voulais vous parler d'une chose qui me trotte dans l'esprit depuis quelque temps. Surtout, ne vous sentez pas contraint… ni rien. C'est juste une idée, en l'air. J'ai l'impression que l'horlogerie vous plaît bien ?

— Ah oui. Vraiment. Je m'éclate.

— Si je vous vendais le fonds pour 1 euro symbolique ? Pas de loyer, j'ai gentiment gagné ma vie et ai de petits besoins. En plus, on m'offre plein de choses, jusqu'au bois coupé. J'ai un client fou de pendulettes anciennes qui possède une forêt, non loin du Mans. Même qu'un de ses gars me le livre et l'entasse. Vous récupérez mon carnet de clients et, sans me vanter, il est beau. Des amateurs de longue date, des acheteurs et de plus en plus de jeunes hommes ou femmes qui découvrent qu'une belle montre c'est magique et qu'en plus, il s'agit d'un investissement. Ça se revend et perd rarement de sa valeur, au contraire, lorsqu'on a bien choisi. En échange, vous acceptez que je vienne travailler de temps en temps, pour garder la main et le cerveau… et aussi discuter. Et puis, vous me raconterez toutes les nouvelles innovations de mécanismes ou de matériaux dont ils parlent sur le Net. On fait un contrat devant notaire. J'en ai déjà parlé au mien.

Arthur ne s'interrogea pas une seconde. Il se sentait bien ici, dans cette petite échoppe, davantage un atelier, environné d'une légère odeur d'alcool à brûler. Il aimait ces heures passées à réparer une petite merveille qui avançait ou retardait un peu, à chercher partout en France et plus loin le confrère qui aurait la pièce de la montre X des années 1924 ou 1972 dont il avait besoin.

— Non, non… attendez, Bathilde, je ne peux pas accepter. Enfin, je ne vais pas tirer avantage de vous ! Et puis, les services fiscaux sont du genre assez soupçonneux. Pas de loyer, à tous les coups, ils vont penser « loyer au black ». Donc un loyer modeste mais raisonnable. Et, oui, mille fois oui, je suis super partant ! En plus, travailler seul toute la journée m'ennuierait. Et un jour, quand vous serez décidé, si vous êtes décidé, je vous rachète les murs.

Les deux hommes se serrèrent la main, contents d'une affaire qui les satisfaisait pleinement l'un et l'autre.

Ils continuèrent leur tâche et Bathilde lâcha d'un ton triste :

— Barnes est mort, vous savez ? Dimanche dernier. Élisabeth m'a téléphoné vers 19 heures. Barnes était un de mes bons copains. Même si sa maîtresse me grondait parce que je lui filais des petites douceurs en cachette. Je lui ai proposé de venir. Elle a décliné. Je crois qu'elle voulait être seule. Elle m'a expliqué qu'elle avait des yeux de têtard parce qu'elle n'avait pas arrêté de pleurer de l'après-midi.

Arthur en ressentit une tristesse soudaine et aussi une colère sourde. Comme une brûlure au fond du sternum. Il lui avait porté Baby hier lundi, donc le lendemain de l'euthanasie de Barnes chez elle. Elle avait juste récupéré le panier, sans rien lui dire. Avait-il aussi peu d'importance pour elle ? Était-il resté un complet étranger à ses yeux, au point qu'elle ne puisse pas partager, ou même évoquer un chagrin ? Stupidement, il lui en voulut de ne pas l'accepter, lui Arthur, pas même comme ami, contrairement à Bathilde qu'elle avait appelé. Il se fit la réflexion qu'elle devenait trop importante pour lui, qu'elle prenait trop de place dans sa vie, sur un fantasme. Ses fantasmes à lui puisqu'elle n'avait jamais rien manifesté qui excède la simple courtoisie et les rapports de bon voisinage à son égard.

— Non. Non je l'ignorais, répondit Arthur d'un ton beaucoup plus sec qu'il ne le souhaitait.

Bathilde fut satisfait de son petit piège. Il venait de marquer un autre point après celui, éclatant, de la côte de bœuf pour trois gros mangeurs, dans son esprit Élisabeth, Arthur et Barnes. Le destin avait exaucé son vœu. Il avait la confirmation de ce qu'il sentait depuis des semaines : Arthur était amoureux d'Élisabeth. Bien ! Maintenant, il fallait que les choses avancent un peu. N'en laissant rien paraître, le vieux monsieur songea : « Bon, cher Arthur, tu avances, là ! Je suis un vieux croûton et les choses ont beaucoup changé depuis ma jeunesse. Parfois en bien, parfois en moins bien. Aujourd'hui, les femmes peuvent ouvertement manifester qu'un homme leur plaît, et c'est un progrès. De mon temps, elles devaient utiliser des signaux à peine perceptibles afin de ne pas passer pour des *délurées*, comme on disait. Élisabeth est capable de filer un coup de poing à un homme qui l'importune. Mais dans le sens inverse, je crois plutôt qu'elle va laisser venir. Donc fais quelque chose, Arthur. » L'horloger poussa encore un peu :

— Je pensais qu'elle vous l'avait dit. Vous l'avez vue hier, non ?

— En effet, répondit l'autre d'un ton vexé et peiné.

Lorsqu'il rentra vers midi, Arthur était furax. Heureusement, Baby était assise sur la table basse du salon et il put la prendre à témoin. Il était si énervé qu'il ne se rendit pas compte de l'absence de réaction de la chatte. Elle était assise, immobile, un peu ailleurs.

— … et donc, je te laisse chez elle tout l'après-midi, pensant que tu profites de ton ami Barnes, de ses derniers moments et quoi ? Elle file au cabinet et te laisse seule ? Non, ça ne va pas du tout, là ! Non, non… elle se fout du monde, cette fille !

En réalité, il avait choisi entre deux déferlantes d'émotions : il préférait être furieux que triste parce qu'il se doutait qu'il allait prendre une grosse-grosse claque si cette succession d'événements signifiait que la vétérinaire n'en avait rien à faire de lui. La colère au début, c'est bien, une sorte de mécanisme de défense. Ça permet d'alléger la peine, de retarder la souffrance, bref le cataclysme. À part cela, ça dure ce que ça dure.

Il déjeuna d'une cuisse de poulet froid et d'un morceau de pain, les reins appuyés contre l'îlot central de sa nouvelle cuisine, fulminant. À 13 h 45, il sonna chez Élisabeth Sandrelli, sans panier à chat. Elle entrouvrit à peine le portail.

— Barnes est mort dimanche, m'a appris Bathilde.

Elle baissa les yeux et murmura :

— Oui.

— Merci de m'avoir prévenu ! Non mais c'est vrai, quoi ! s'énerva-t-il.

Elle le détailla de son regard très bleu et demanda :

— Pourquoi ? Ajouter votre chagrin au mien ? Je voulais être seule. Barnes était mon compagnon et je souhaitais le veiller seule.

— Vous auriez au moins pu me l'annoncer hier, lorsque j'ai apporté Baby.

— Non. C'était aussi le compagnon de Baby et je voulais qu'elle le voie mort. Qu'elle sache qu'il « avait traversé le pont », comme disent les Anglais. Il ne fallait pas qu'elle le cherche ensuite, qu'elle s'inquiète, se demande où il était passé. Elle l'a longtemps reniflé, et elle a su. Elle s'est couchée à 10 centimètres de lui et n'a pas bougé de l'après-midi. Contrairement à ce qu'il nous arrange de croire, les animaux comprennent très bien la mort lorsqu'elle survient, même s'ils n'en ont pas l'idée avant. Ça, c'est une punition qui nous est réservée : penser à la mort, la nôtre, celle de ceux que l'on aime. Je pourrais vous raconter tant d'histoires. Excusez-moi, Arthur. Je suis encore un peu assommée. J'ai pris ma journée d'hier et d'aujourd'hui. Je vais réunir les affaires de Barnes, ses corbeilles, coussins, jouets, etc. Je vais les laver et les offrir. Bref, ce n'était pas une surprise, mais il faut quand même que je digère. Au revoir.

Elle claqua le portail, tourna les talons et le planta là. Les mains d'Arthur tremblaient de colère. Il décida de faire une longue promenade pour se calmer les nerfs.

Quelques heures plus tard, apaisé par sa promenade, il retrouva Baby. Elle était assise, raide, sur le coussin du canapé. Elle fixait la porte mais ne fit pas mine de bouger. Arthur comprit à son grand regard fixe qu'elle était terriblement triste. Il la souleva et la serra contre lui en murmurant :

— Quel con je fais. Tu penses à Barnes, hein ? Tu veux que j'adopte un chien, pour te faire un nouveau copain ?

Arthur ignorait que les grandes affections animales ont ceci de commun avec les nôtres : elles ne sont pas si fréquentes que cela ni ne sont interchangeables.

Baby passa ses pattes avant autour de son cou et lova sa jolie tête sous son mention.

Baby avait-elle comploté avec Barnes pour rapprocher leurs maîtres ? Difficile de prêter des stratagèmes si humains à des animaux. Et pourtant. La siamoise savait que le vieux chien n'était pas loin de la fin lorsqu'elle s'était prise d'une immense amitié pour lui. Amitié réciproque. Les animaux flairent la maladie grave[1], la mort-bientôt pour leurs maîtres(ses) et leurs congénères ou presque congénères.

1. Parmi des milliers d'exemples, Oscar, le chat américain qui a fait l'objet d'une publication, vit dans une unité de gériatrie. Il se couche à côté d'un patient qui va mourir et « l'accompagne » au cours de ses dernières heures. Les scientifiques en ignorent la raison. Une des hypothèses serait que nos cellules mourantes exhalent des molécules odorantes différentes qui ne nous sont pas perceptibles.

Quand le destin se décide en faveur d'un chemin de moindre résistance (parce que les humains sont bouchés).

Le lendemain matin, il alla déguster son crème-croissant chez Muriel avant de rejoindre l'échoppe de Bathilde. À la mine fermée de sa « référente ruralité », il sut qu'elle avait de mauvaises nouvelles.

— C'est dommage, il est sorti il n'y a pas un quart d'heure !

— Qui cela ?

— Charles de Fostage. Très gros propriétaire terrien de la région, entrepreneur, beaucoup d'argent mais pas le gars prétentieux. Il vient toujours boire un café ou déjeuner lorsqu'il passe dans le coin. Il s'est fait piquer cinquante ruches en une nuit, la semaine dernière. Il s'était déjà fait voler le miel juste avant la récolte d'été, en juillet. Là ils s'en sont carrément pris aux ruches, en cisaillant la clôture sans mégoter, sans doute pour permettre à un véhicule d'approcher. Il était exaspéré et ce n'est pas le genre à se laisser faire en croisant les doigts. Il va installer un système de caméras avec infrarouge, qui transmettront immédiatement les alertes sur son téléphone mobile. Le genre qu'utilisent les possesseurs de truffières, de ce qu'il m'a expliqué.

— Il faudrait prévenir Élisabeth, ajouta Arthur.

— Je viens de l'appeler. Bien sûr, elle s'est fichue en rogne. En fait, je voulais vous charger d'une mission, d'autant qu'il n'y a plus Barnes. D'accord, il était devenu un peu dur de la feuille, mais, tout pépère qu'il était, il n'aurait pas hésité à sauter sur un sale type pour défendre sa maîtresse.

— Vous voulez que je joue les saint-hubert de remplacement, sourit Arthur.

— Un peu. En fait, ce serait bien que vous surveilliez comme ça, voir si des gars louches traînent autour de la propriété d'Élisabeth. Le problème, d'après Charles de Fostage, c'est que les voleurs sont souvent des locaux ou presque. Mais bon, vous la connaissez. Elle est capable de foncer sur un type pour en découdre et de se prendre une raclée ou même de finir en taule pour coups et blessures. Elle pourrait aussi être frappée d'inéligibilité en cas de gros délit, et ça ne nous arrangerait pas du tout quand on voit la brochette d'incompétents qui ont des aspirations politiques dans le village, dont le boulanger. Et lui, jamais ! Arthur, si vous voyez quelque chose, vous relevez l'immatriculation et vous appelez immédiatement la gendarmerie. Vous ne jouez pas au héros et surtout vous bloquez Élisabeth, qui ira à l'affrontement. Y a qu'à voir dans quelle colère elle s'est mise lors de mon appel.

— Ça marche. D'autant qu'on n'a pas du tout les mêmes horaires, si j'en juge par ses lumières. Elle se lève tôt et se couche tôt. Moi, c'est l'inverse. Et puis, les fenêtres de ma chambre donnent sur le rucher et, en ce moment, je les laisse entrouvertes la nuit.

Lorsqu'il relata les informations de Muriel à Bathilde, le vieux monsieur s'énerva :

— Qu'est-ce que c'est que ce monde ! Je n'ai pas un truc alors je le vole au voisin ? Surtout entre apiculteurs. Enfin, on ne choisit pas ce métier au hasard. C'est du travail, la récolte est assez aléatoire, ce n'est pas avec cela qu'on fera fortune. Il y a quelque chose derrière, une passion, une implication forte. Enfin, du moins chez les petits apiculteurs que je connais. Alors oui, certains sont désespérés par la perte de leurs colonies, mais se servir chez les autres ne règlera pas le problème de base, la disparition des insectes. C'est à ce niveau qu'il faut peser, et vite.

Ils s'absorbèrent dans leur tâche durant une petite heure. Le vieil horloger avait confié à Arthur la réparation d'une pendule Directoire en bronze doré et émail vieux rose, estimée à 3 000 euros. Il en transpirait d'appréhension. On ne se rate pas, on fait vraiment gaffe. Il ne s'agissait pas seulement du prix de la pièce mais de son originalité (une Diane chasseresse l'entourait de ses bras, un arc dans le dos, fin comme une aiguille à coudre, le genre qui peut casser à la moindre maladresse). Bathilde releva ses lunettes-loupe et soupira avant de déclarer :

— Oui, mais si vous êtes profondément endormi… Avez-vous songé à un système d'alarme vraiment sommaire ? Ça marche toujours. Et même mieux aujourd'hui, puisqu'on pense caméras infrarouges, puces électroniques, etc. C'est de cela qu'on se méfie. Plus du reste.

Arthur abandonna sa Diane et s'enquit :

— De quel genre ?

— Connaissant un peu la propriété d'Élisabeth, il n'existe pas beaucoup de moyens de s'approcher du rucher.

— Euh… je ne sais pas au juste.

— D'après mes souvenirs, je dirais qu'il n'y a qu'une voie d'entrée, un petit portillon, sauf s'ils cisaillent le grillage. Mais tel ne fut pas le cas lorsqu'ils ont tenté de voler quelques-unes de ses ruches la première fois et qu'elle leur a foncé dessus. Le reste, ce sont des murs de pierre, hauts de près de 2 mètres, or une ruche, ça pèse dans les 30 kilos. Pas si facile à soulever. Une cordelette sombre accrochée entre deux poteaux à 50-60 centimètres de hauteur pour permettre le passage d'un animal en dessous et reliée à des carillons bien sonores. Si un humain les frôle, c'est le tintamarre. Si un hibou se pose dessus… vous en serez pour un réveil inopiné, sourit le vieux monsieur.

— Super idée, approuva Arthur. Et comme cela, en plus, je dormirai mieux, moins en programme vigilance. Notre ruse reste entre nous, vous n'en parlez pas à Élisabeth, s'il vous plaît. Elle va encore trouver dix raisons de s'y opposer.

Bathilde le considéra et demanda d'une voix amusée :

— Vous l'aimez bien, n'est-ce pas ?

— C'est une emmerdeuse.

— Oui, c'est ce que je dis. J'ai remarqué, au cours de ma longue vie, que lorsque les hommes qualifient une femme « d'emmerdeuse », c'est qu'ils sont souvent sous le charme. Sans cela, ils utilisent « punaise », « peste », « connasse » ou pire.

Arthur partit à rire et ne commenta pas.

Quand le passé est vraiment passé.

Ce matin-là, vers 10 heures, de sorte à s'assurer qu'Élisabeth avait rejoint le cabinet vétérinaire, ou une ferme quelconque, Arthur sortit par l'autre portail de sa cour, celui qui ouvrait sur des champs, côté nord. Il avait entassé tous ses outils et fournitures dans le carton coincé sous son bras. Il longea la partie maçonnée du mur de séparation qu'il partageait avec sa voisine et maire et remonta quelques mètres de grillage vert, d'environ 1,5 mètre de haut. Il parvint devant le portillon de bois, cadenassé, noirci par les intempéries, qui permettait de passer des champs à la propriété d'Élisabeth, sans en faire le tour complet. Un passage qu'elle n'empruntait presque jamais puisque le premier champ lui appartenait à lui. Derrière le portillon, haut de moins de 1 mètre, était installé le rucher. Il l'enjamba sans le moindre effort. Comme les voleurs, sans doute. Il examina les alentours. Les abeilles se trouvaient à plus de 20 mètres de lui. Quant à la fenêtre de sa chambre, elle ne devait être distante que d'une dizaine de mètres du portillon.

Arthur se demanda ensuite comment procédaient les intrus. En prenant en compte qu'ils devaient faire vite, sans être repérés depuis la route qui bordait la maison d'Élisabeth, et qu'une ruche, c'est lourd, il n'existait pas trente-six solutions. Depuis la petite départementale, ils devaient remonter tous feux éteints dans le champ, faire demi-tour, de sorte à déposer les ruches à l'arrière de leur véhicule et pouvoir décamper très vite en cas d'alerte. Ensuite, ils se passaient les ruches par-dessus le portillon. En d'autres termes, contrairement à ce qu'il avait d'abord envisagé, il devait poser son piège bien après le portillon, à peu de distance des premières ruches. L'idée était de coincer les gars, donc qu'ils se soient déjà pas mal avancés sur le grand terrain d'Élisabeth. Pas qu'ils soient proches du portillon et puissent se sauver dans leur véhicule.

Arthur dut s'admonester un peu : les abeilles n'essaimaient plus, les reines devaient paisiblement pondre et il suffisait de rester calme. De fait, quelques dizaines de butineuses virevoltèrent autour de lui. Il lui sembla qu'il s'agissait surtout de curiosité de leur part. Il trouva vite ce qu'il cherchait. Deux frênes qui avaient poussé presque face à face, écartés d'un peu moins de 5 mètres. Un passage presque obligé pour atteindre les premières ruches, situées une dizaine de mètres derrière les arbres. Il passa une cordelette assez fine mais résistante en Nylon dans les boucles des clochettes qu'il avait achetées. Il les avait choisies assez lourdes pour qu'elles ne tintent pas au premier coup de vent et pour que leur son porte. Il tendit la cordelette vert sombre entre les troncs des deux frênes, à environ 60 centimètres du sol.

Deux petits essais le satisfirent pleinement. Lorsqu'il heurtait la ficelle, les clochettes tintaient bruyamment. Avec sa fenêtre ouverte, il serait aussitôt réveillé. Quant à lui, la course depuis sa maison, en longeant le mur, puis le grillage jusqu'au portillon, serait trop longue pour pincer les voleurs. La seule solution consistait donc à passer le mur mitoyen à l'endroit où il était le moins haut et à se laisser tomber derrière, non loin du rucher. Il allait empiler des caisses qu'il escaladerait de son côté, parce que grimper un escabeau peu stable en pleine nuit, il ne le sentait pas trop.

Il suffisait maintenant d'attendre en restant vigilant.

Son portable vibra. Il haussa les sourcils d'étonnement. Ça devait faire des mois qu'il n'avait pas reçu d'appel, hormis le plombier, la livraison de gaz ou autres et le garagiste, et ils n'appellent pas à 10 heures du soir. Une voix féminine familière se déversa. Sophie :

— Salut, Arthur. Tu vas bien ? J'ai appris que tu avais vendu l'appartement.

— Oui.

Il fut terriblement étonné de son manque de réaction. Pas un battement de cœur accéléré, pas de soudaine timidité, pas de curiosité. Rien.

— Tu habites toujours lc même quartier ?

— Non.

— En fait… mon histoire avec Marc est terminée. J'ai récupéré mon studio à Paris.

— Ah bon ? Désolé.

Arthur était sidéré. Rien, il ne restait vraiment rien. Il se fichait complètement de ce que devenait Sophie, de sa vie, de ce type pour qui elle l'avait quitté.

— En fait, je t'appelais à cause de Baby. Elle me manque beaucoup et je serais contente de la voir.

— Ça ne va pas être possible, mais elle va très bien. Je l'ai gardée.

— J'en suis heureuse mais c'est quand même ma chatte, protesta-t-elle mollement.

— C'est d'ailleurs pour cela que depuis presque un an tu n'as pas trouvé une minute pour m'envoyer un SMS me demandant de ses nouvelles ? De plus, ce n'est plus ta chatte. Elle est pucée à mon nom, à ma nouvelle adresse, et j'ai reçu la carte d'identification définitive.

— Enfin, je trouve cela un peu… enfin un peu abusif, quoi.

— D'une part, c'est obligatoire depuis 2012, et ensuite, « l'abus » à mes yeux était que tu me la laisses sur les bras.

— Euh… je ne pouvais pas faire autrement. On pourrait peut-être en discuter… je ne sais pas… déjeuner en vitesse quelque part ?

Il comprit que Baby n'était qu'une piètre excuse pour le recontacter, et répéta tout en s'étonnant de sa complète indifférence :

— Non, ça ne va pas être possible.

— Je peux savoir pourquoi ?

— Parce que je te réponds depuis la terre Adélie, où Baby et moi avons emménagé ! Écoute, Sophie, je vais devoir prendre congé. Beaucoup de trucs à terminer. Je te souhaite le meilleur pour la suite. Salut.

Et elle ne récupérerait jamais Baby, maintenant la minette adorée d'Arthur. Non, mais des fois !

Il gratta le menton de la chatte enroulée sur ses cuisses, qui le regarda de son grand regard myope turquoise, et murmura :

— On est bien tous les deux, peinards, personne pour nous les briser, non ? On ne se marche pas sur les pieds. Bon, ça manque d'une présence féminine… enfin, je veux dire… humaine. Malheureusement, sans un vieux gros chien à oreilles tombantes.

Quand l'on se rend compte que les petits bonheurs font les belles vies.

En une belle journée de septembre.

Tous se félicitaient de ce beau dimanche ensoleillé et doux. Chaque année, l'histoire se répétait. Les habitants de Fontaine-la-Thierry scrutaient la météo puis le ciel, croisaient les doigts et préparaient quand même les grandes tentes en cas de saucée.

Arthur Darrobat avait révisé son intervention avec sérieux. Certes, la chimie peut être marrante, mais aussi vite se corser. Si l'on souhaite la rendre « ludique », inutile de balancer des alcanes, des oximes, des amides ou des triazènes, etc., au risque de faire fuir l'auditoire. Il avait donc prévu trois petites expériences amusantes, simples et inoffensives, dont une grâce au substrat fourni par Maryse Tuvache : un coulis de cassis, presque noir. En toute modestie, il fit un tabac lorsqu'une giclée de jus de citron et une pincée de bicarbonate de soude firent mousser le mélange qui monta et vira au rouge groseille pour donner une succulente mousse de fruits. Des « Oh » et des « Ah » saluèrent cette (micro)prouesse. Il répondit à nombre de questions, notamment de femmes qui venaient de comprendre que « non, elles ne préparaient pas d'œufs en gelée, ou de la meringue. Elles faisaient de la chimie ». L'une d'entre elles s'enquit :

— C'est ce qu'on appelle la cuisine moléculaire ?

— Pas vraiment. La cuisine moléculaire consiste à introduire de nouveaux ingrédients et à cuisiner avec de nouveaux ustensiles ou méthodes. Ce que je viens de vous montrer, c'est l'explication chimique ou physique de la cuisine de tous les jours.

Des enfants intervinrent aussi et il fut applaudi. Les parents regardaient leurs bambins captivés, songeant : « Mon(a) chéri(e), tu deviendras un(e) grand(e) chimiste ou un(e) grand(e) chef(fe). »

Bref, il passa un excellent après-midi, ronronna des félicitations des habitants du village dont celles d'Élisabeth, qui le complimenta d'avoir écoulé tous ses cakes et quatre-quarts comme preuve expérimentale.

Muriel avait prévu un « pot des amis » vers 20 heures dans son café, fermé au public. Elle les accueillit en claironnant :

— Ça, c'est une sacrée journée : 1 992 euros ! Presque 300 euros de plus que l'année dernière. Bon, le chiffre me turlupinait alors j'ai ajouté 8 euros au pot pour faire 2 000. Allez, kir, saucisse sèche, rillettes de poulet maison et tapenade. C'est ma tournée.

Quelques heures plus tard, Arthur repartit en compagnie d'Élisabeth et attendit qu'elle soit rentrée chez elle pour rejoindre ses pénates et Baby. Sur un petit nuage d'optimisme, il avait vaguement espéré qu'elle lui propose un dernier verre. Raté. D'un autre côté, elle se levait tôt afin de rejoindre le cabinet vétérinaire. Il était de si bonne humeur qu'il n'en fut pas déçu (quand même un peu, juste un peu). Il remonta le chemin jusqu'à chez lui en chantonnant. Étonné, il pensa : « C'est quand même rudement chouette, la vie, et avec pas grand-chose. Inutile de chercher midi à 14 heures », une très vieille expression dont il comprenait aujourd'hui la saveur et surtout la pertinence. Tout est déjà sous notre nez, si tant est que l'on accepte que la bulle de verre qui nous entoure et nous enferme se brise.

Tout en se brossant les dents, il raconta sa journée à Baby, assise sur le rebord de la baignoire et qui sembla l'écouter avec grande attention.

Quand les grands moments de joie font aussi de belles vies.

Dans les jours qui suivirent, Arthur Darrobat se rendit compte à quel point sa petite prestation durant la kermesse avait changé le regard de pas mal de ses nouveaux concitoyens sur lui, du moins de ceux qu'ils ne connaissaient que de vue. Il sentit qu'il n'était plus seulement « le Parigot » ou « le Parisien qui travaille avec Bathilde » ou même « le Parisien qui a racheté la Grande Bûcherie ». Il était devenu « Arthur, tu sais, le chimiste ? ».

Sa vie lui plaisait vraiment. Ses journées filaient. Il attaquait la grande salle de bains. Bien sûr, la plomberie serait réalisée par un professionnel, pas envie d'une inondation. Le soir, lorsqu'il s'offrait son verre de vin-récompense, il songeait que ne lui manquait vraiment qu'une chose pour être parfaitement heureux, une « chose » prénommée Élisabeth. Il s'en voulait aussi. Sans être un tombeur, Arthur n'avait jamais éprouvé de difficultés à faire comprendre à une femme qu'elle lui plaisait. Là, autant l'admettre, il perdait ses moyens. Honnête, il en avait trouvé la raison : il était amoureux pour la première fois de sa vie et l'idée d'être confronté à une rebuffade de sa part le paralysait. Il savait déjà qu'un rejet se solderait par une énorme déception. Or, il ne parvenait pas à percevoir et encore moins à traduire les signaux qu'elle lui envoyait, si tant était qu'elle lui en envoyât. Un jour, elle se montrait agréable, assez chaleureuse. Le lendemain, elle redevenait lointaine. Arthur avait fini par se demander si l'expérience conjugale d'Élisabeth n'était pas à l'origine de sa distance. Peut-être avait-elle été traumatisée, peut-être son ex-mari s'était-il révélé un vrai abruti ? Il l'ignorait. Il avait bien tenté de provoquer des confidences de la part de Muriel et de Bathilde, qu'il considérait maintenant comme des amis. Ils avaient éludé, passant à un autre sujet. Arthur n'avait plus insisté, comprenant qu'ils « protégeaient » Élisabeth et resteraient muets comme des carpes en ce qui concernait sa vie privée.

Il en était au stade pas follement gratifiant du : « Bon, ce soir, je sonne chez elle. Je lâche le morceau et on voit ! » Le problème, c'est qu'il craignait de voir ou d'entendre ce qu'il n'avait aucune envie d'apprendre, sur le mode : « Vous m'importunez », à traduire par : « Même pas dans tes rêves ! » Du coup, il restait figé. Il admit ce soir-là que cette non-histoire avec Élisabeth Sandrelli était devenue la chose la plus importante de sa vie. Sa nouvelle vie, sa vraie vie. L'idée d'un plantage prenait une tournure insupportable. En conclusion… il ne faisait rien. Mieux valait rester dans une sorte de désert de signes, d'ignorance, de « p'têt ben qu'oui, p'têt ben qu'non » plutôt que d'affronter une vérité dévastatrice. Pourtant, le besoin de la serrer contre lui, de la toucher, de la humer, de lui dire qu'il l'aimait, de caresser sa peau contre la sienne, et plein de choses beaucoup plus sexe aussi, devenait parfois étouffant. Son attentisme pétochard ne pourrait pas durer éternellement. Pour l'instant, ça tenait. Pour l'instant, il reculait.

Dans la nuit du mardi au mercredi, un tintamarre le tira du sommeil vers 3 heures du matin. Les clochettes de Bathilde. Il se leva d'un bond, chaussa ses baskets à la hâte, récupéra son pyjama jeté sur le lit et fonça, en caleçon. Il fila telle une flèche, tout en enfilant la veste. Une petite pluie fine et obstinée tombait depuis le matin précédent et il s'efforça de ne pas s'affaler dans la terre glissante. Il escalada la pyramide de caisses en bois poussée contre son mur et se récupéra sans problème de l'autre côté. La lune fut assez aimable pour l'éclairer et révéler un peu plus loin deux silhouettes humaines qui couraient vers le portillon et un utilitaire blanc garé non loin. Bon, il éprouvait peut-être encore une légère appréhension vis-à-vis des abeilles, pas à l'égard d'un mec, ni même de deux. Il se savait capable de filer quelques coups de poing, si besoin était. Il s'élança à leur poursuite.

— Plus vite ! cria une voix féminine derrière lui.

Élisabeth. Élisabeth, armée d'une pelle de cheminée, avait pris en chasse les deux intrus à son tour.

Bien qu'au maximum du raisonnable, en termes de vitesse, il força encore l'allure, et ce qui devait arriver arriva. Il glissa et se retrouva à quatre pattes, les paumes et les genoux plantés dans la boue. En caleçon et en veste de pyjama non boutonnée, il devait avoir l'air assez ballot. Élisabeth le rejoignit et, en dépit de son essoufflement, partit d'un fou rire. L'utilitaire démarra en trombe et disparut dans la nuit. Elle se laissa tomber à côté de lui, ses cheveux encore plus frisés par la pluie. Son hilarité se calma peu à peu et Arthur bascula sur les fesses.

Elle jeta un regard sur le rucher non loin d'eux et commenta, satisfaite :

— Ils n'ont rien eu le temps de voler.

Elle le considéra quelques instants, ne manifestant pas la moindre intention de se relever, et ajouta :

— Parti comme c'est, nous y sommes encore dans six mois. Je passe à l'action. Bon, tu m'embrasses ou je me jette sur toi ? À moins que tu sois gay, bien sûr.

Une seconde de tsunami émotionnel durant laquelle il se demanda s'il avait bien entendu. Le cœur d'Arthur s'emballa et il eut le sentiment que ses battements résonnaient dans son cerveau. Il éclata de rire à son tour, ferma les yeux et s'allongea dans la terre boueuse, bras en croix. L'herbe mouillée lui caressait le visage et, du haut de ses brins, il vit parfaitement la Terre. Enfin. Il cria presque :

— Jette-toi sur moi, je t'en prie. Je t'en prie, Élisabeth ! Mon rêve !

Elle se laissa tomber sur son corps et l'embrassa comme une folle. Les bras d'Arthur se refermèrent sur elle. Il ne la laisserait plus partir. Jamais il ne la laisserait partir. Il sut qu'il s'agissait DU baiser, ce genre de baisers que l'on n'oubliera jamais. Ce baiser qui vous fera rire durant des décennies. Le baiser parfait. La pluie leur dévalait dessus, rien à faire. Il faufila sa main sous la ceinture de son vieux pantalon de jogging. Elle gigota :

— Ah non, pas ici, pas pour la première fois ! On rentre. Un lit, un matelas, au sec, des draps à froisser.

Trempés, ils coururent vers la maison en se tenant la main. Pas le temps pour une douche. Arthur lava la boue de ses mains et de ses genoux à la va-vite.

La nuit, du moins le reste de la nuit, fut incandescente. Arthur se rendit compte que ce que l'on « fait », et plutôt bien, durant une nuit de sexe, prend des contours, des éclats radicalement différents lorsqu'on est amoureux. Lorsque le désir de l'autre, cet(te) autre en particulier, vous submerge au point de devenir la chose cruciale. Lorsque le sexe devient bien autre chose que simplement du sexe, lorsqu'il est au-delà de la satisfaction charnelle. Ces instants d'une intensité intimidante, lorsque l'on oscille entre l'envie de rire de bonheur et celle de pleurer. Arthur découvrit que l'on découvrait l'autre, pas seulement ce qu'il(elle) aimait comme caresses intimes et comment. Il s'agissait vraiment d'une rencontre de cellules et d'âme. Élisabeth donnait, prenait, réclamait. Il adora qu'elle guide parfois sa main doucement. Qu'elle le fixe lorsqu'elle parvint aux orgasmes, bouche entrouverte sur un long souffle. Il lut tant de choses dans ses iris bleus. Quant à lui, il comprit à quel point les orgasmes diffèrent, à quel point certains sont d'une ampleur et d'une profondeur extrêmes. Ils s'endormirent comme des brutes au petit matin, en cuiller. Il avait le sentiment d'avoir à peine fermé les yeux lorsqu'elle le réveilla. Enveloppée dans un peignoir, les cheveux humides, elle pouffa :

— Il est 10 heures. J'ai appelé le cabinet et je présenterai mes excuses aux deux éleveurs qui m'ont attendue en vain. Heureusement, il ne s'agissait pas de vêlages difficiles. Je prépare un petit déj roboratif. Tu as le temps de prendre une douche.

— Euh… on ne peut pas… enfin…

— Non, il faut quand même que j'y aille.

Désolé pour cette réponse mais ravi et hilare pour le reste, il fila dans la salle de bains dont la fenêtre grande ouverte donnait sur le jardin. La journée s'annonçait très belle, lumineuse. Bordel, qu'il se sentait bien. En pleine forme en dépit de quelques minuscules heures de sommeil.

Douché, il souleva son caleçon et son haut de pyjama, raide de boue séchée, qui traînaient sur le plancher de la chambre et passa le pantalon à peu près propre.

Pieds nus, il rejoignit Élisabeth dans la grande cuisine qui donnait sur un autre jardin au flanc de la maison. Il ne le voyait pas depuis le mur qui séparait leurs deux propriétés, pas même une fois juché sur son escabeau d'espionnage. Une profusion de fleurs de toutes les couleurs semait le bord de l'allée gravillonnée, comme des taches de lumière. Il s'approcha d'Élisabeth qui s'affairait devant le long plan de travail en bois et lui tournait le dos. Il l'enlaça et huma son cou avant de semer sa peau fine de petits baisers. Sans se retourner, elle inclina la tête et murmura :

— Tu deviens chat ? J'aime bien. Café, thé ?

— Café.

Elle lui fit face et passa la langue sur sa clavicule, remontant vers son menton. La trace légère de sa salive tiède eut un effet immédiat. Des frissons hérissèrent les petits cheveux de la nuque d'Arthur et descendirent jusqu'à ses fesses. Il vérifia :

— Tu es vraiment sûre qu'on ne peut pas… enfin… même rapide… En attendant d'avoir plus de temps…

— Non, sourit-elle. Installe-toi pendant que je prépare le café, proposa-t-elle.

Elle désigna d'un léger mouvement de main une table oblongue de bois sombre, ancienne, à large pied central. Au milieu trônait un joli bouquet de fleurs champêtres, jaunes, roses, mauves et blanches.

Il aimait cette grande pièce lumineuse, en pierre apparente avec enduit à la chaux. D'ailleurs, il aimait tout ce qui concernait Élisabeth. Elle devait faire la cuisine, s'il en jugeait par le grand piano de cuisson en émail noir et le large réfrigérateur américain à une porte. Il s'imagina lui préparant un plat, afin qu'elle mette les pieds sous la table en rentrant après une longue journée au cabinet. Arthur avait découvert qu'il aimait bien faire la cuisine. Pas tous les jours, pas des recettes trop compliquées mais qui en jetaient quand même un peu et qui n'impliquaient pas trop de vaisselle après. Élisabeth répéta :

— Ils n'ont rien piqué, faute de temps. Manque de chance, on ne les a pas chopés. Sauf qu'il y avait un sillage intriguant. Tu n'as pas senti ?

— J'étais quand même 7 ou 8 mètres derrière eux et presque à bout de souffle.

— Une odeur que je connais bien mais que je ne suis pas parvenue à identifier sur le moment. Le jasmin. Il n'y en a pas chez moi. Pas l'odeur d'un déodorant ou d'une eau de toilette. Une odeur de crème hydratante. Donc, il s'agissait d'un des voleurs, sans doute le plus petit, une femme. Je crois savoir qui c'est. J'espère vraiment me tromper, ajouta-t-elle d'un ton peiné.

Il tendit le bras vers elle et lui caressa la main. Elle faufila ses doigts entre les siens.

— Tu peux me le dire ?

— Non, parce que si j'ai tort, je m'en voudrais terriblement de les avoir soupçonnés. Je pense que je vais poser des puces sur mes ruches. Bon, ça représente une somme et en plus, maintenant, les voleurs le savent. Ils les recherchent et les enlèvent. Quant aux caméras, ils sont engoncés dans des vêtements sombres et cagoulés.

— Il faut toujours avoir un chimiste chez soi. Ça sait faire plein de trucs. Veinarde ! Tu viens d'en dégoter un. Même qu'il a vraiment envie de s'incruster si la dame est d'accord.

Il adora sa moue. Faussement pensive, elle feignit de réfléchir et déclara :

— La dame est très d'accord. Je te signale qu'elle s'est littéralement jetée sur toi.

— Tu recommenceras, hein ? Promets que tu recommenceras, s'il te plaît.

— Oui, je crois. J'en suis même convaincue. C'était toi, ce vacarme de clochettes ?

— Sur une idée signée de Bathilde. Bon, bien sûr, ça ne marchera plus. Les voleurs font faire gaffe. Mais j'ai une autre piste.

— Laquelle ?

— Non, non. Les chimistes sont comme les chefs. Ils gardent leurs recettes jalousement.

La journée sans elle fila pourtant à toute vitesse. Arthur passa des commandes express à droite et à gauche. Il débarqua dans le petit supermarché de Maryse et Claude Tuvache pour faire quelques courses, de quoi concocter un dîner amoureux. Maryse, curieuse sans aucune méchanceté, s'étonna :

— Une bouteille de champagne et du saumon fumé, monsieur Arthur ? Une occasion ?

— J'ai eu envie de me faire un petit plaisir.

— Eh bien, c'est comme ça qu'il faut voir la vie ! Je le dis toujours.

Baby sentit-elle que son maître (enfin, son compagnon) était sur un petit nuage ? Toujours est-il qu'elle fut particulièrement volubile et tendre toute la journée. Quoi qu'il en fût, Arthur pensait à Élisabeth, et encore à elle jusqu'à devenir un peu neuneu, de son propre aveu. Et elle, pensait-elle à lui ? Bon d'accord, lorsque l'on réalise une césarienne sur une vache, mieux vaut être très concentrée sur l'animal. Cependant, entre deux « patients », pensait-elle à lui ? Lorsque enfin l'Interphone du portail résonna vers 20 heures, Baby fila comme l'éclair vers la porte, miaulant de façon hystérique, la queue raide comme un point d'interrogation et tremblante à son extrémité. Elle savait. Tout était prêt depuis au moins trois heures, vérifié, revérifié : des draps et serviettes de toilette propres, un bouquet de fleurs dans la chambre, un autre dans le salon-salle à manger, des bougies sur la table, table joliment dressée, il était rasé de frais (bien plus agréable sur une peau fine et des muqueuses fragiles qu'une barbe de trois jours, irritante), etc. La siamoise fit une fête délirante à sa vétérinaire qui la prit dans ses bras pour frotter ses joues contre celles du petit félin.

Le dîner fut drôle, la nuit à nouveau éblouissante.

Il se réveilla à 5 heures du matin, sans envie de se rendormir. Il la contempla. Même le truc le plus débile le ravissait : sa façon de respirer bouche entrouverte, ses cils roux très recourbés, ses cheveux emmêlés, témoignage d'une nuit de fougue. Sa peau sentait le biscuit chaud et aussi l'odeur de lionne. Non qu'il eût jamais approché cet animal d'assez près pour le renifler, mais son pelage devait sentir ainsi. Baby était couchée entre ses pieds. Il chercha, en vain, quand il avait été aussi heureux. Peut-être lorsqu'il était petit garçon. D'un bonheur très différent, très paisible. Aujourd'hui, il s'agissait d'un bonheur d'homme adulte, aigu, qui rend fort, qui donne l'impression de pouvoir soulever des montagnes. Sentit-elle qu'il la scrutait ? Toujours est-il qu'elle se retourna et grommela « Je t'aime » avant de replonger dans le sommeil.

— Et moi, à un point que tu n'imagines pas, murmura-t-il très bas.

Quand on est déçu, que l'on en veut aux gens, sans pouvoir les détester.

Arthur s'était pas mal activé au cours des derniers jours. Il était satisfait de lui et avait ôté la cordelette et les carillons qui ne serviraient plus à rien. Élisabeth était certaine que ses voleurs reviendraient.

— S'il s'agit bien des gens à qui je pense, c'est fondamental pour eux, presque viscéral. Un rucher, dans leur cas, c'est souvent deux ou trois générations qui vous précèdent. C'est une part de soi. Ils volent un peu pour l'argent mais surtout parce que les abeilles sont dans leur ADN, c'est une partie de leur histoire. Soyons clairs : il ne s'agit pas du tout une excuse dans ma bouche. J'essaie juste de rentrer dans leur tête. J'exclus les voleurs à grande échelle, qui n'ont rien à voir avec ces gens-là. Ceux-là piqueraient n'importe quoi pourvu que ça rapporte. Non, ici, il s'agit des abeilles, seulement des abeilles.

Arthur Darrobat attendait, sans même avoir à faire preuve d'une quelconque vigilance. Il avait réussi à arracher à Élisabeth une parole d'honneur : elle n'interviendrait pas, parce que cela ne servait à rien, qu'elle risquait un mauvais coup et qu'ils retrouveraient ses ruches plus tard. Ne comprenant pas, elle avait expliqué :

— D'autant qu'elles sont très reconnaissables. Les abeilles voient aussi dans l'ultraviolet. Donc, elles aiment particulièrement les couleurs à partir du bleu, indigo, violet et au-delà. Elles distinguent aussi très bien les formes géométriques bien découpées… comme des fleurs.

— Ah, c'est pour cela que tes ruches sont bleues et violettes avec des motifs peints en jaune dessus.

— Voilà ! Bon, les apiculteurs ont tous leurs petites manies. Quoi qu'il en soit, mes ruches se voient de loin. Maintenant, s'ils maquillent mon marquage obligatoire et les repeignent, il faudra prouver qu'elles m'appartiennent.

— Ça va le faire.

Deux semaines plus tard, Élisabeth se fit voler quinze ruches dans la nuit. Elle était à cran, luttait contre les larmes, oscillait entre fureur et chagrin et il comprit qu'en effet les abeilles faisaient partie de son ADN. On venait de lui dérober un bout d'elle-même. Arthur la consola comme il put, la berçant contre lui. Il demanda d'un ton doux :

— Maintenant, il faut me dire où tu penses qu'elles ont atterri. Je me charge du reste.

— Non, non. Je viens avec toi. Je veux les confronter, leur faire honte. S'il s'agit bien d'eux, ce sont des gens qui peuvent encore ressentir de la honte. C'est beau, la honte. Ça prouve que tu sais toujours que tu as franchi une limite et que ce que tu as fait était vraiment moche. Les gens qui n'éprouvent plus aucune honte de leurs actions lamentables sont assez inquiétants, je trouve.

— J'appelle les gendarmes.

— Non. Ils sont inoffensifs. La cicatrice, là (elle désigna sa tempe), c'est parce que l'un m'a repoussée, après que j'ai cogné l'autre avec la bûche, et que je suis tombée sur la pelle. Ils ne voulaient pas me faire mal. Juste se sauver.

— Enfin, il y a plusieurs tentatives de vols, dont l'une a réussi, quand même, protesta-t-il.

— Chez nous, on sait à qui l'on a affaire, du moins à peu près. On sait qui sont les quelques tordus, les vrais. Ils n'en font pas partie. Ça va donc se régler entre nous.

Il conduisit en suivant les indications d'Élisabeth. Enfin, ils parvinrent non loin d'une ferme en piteux état, vers 11 heures, et elle déclara :

— Voilà. C'est chez Serge et sa fille, Mélanie. Elle n'a pas vingt ans. Elle utilise une crème hydratante au jasmin. C'est une odeur agréable, très reconnaissable. Je lui en avais fait le compliment. Elle est mignonne comme tout, assez timide et passionnée par l'apiculture.

— Celui qui s'était fait voler des ruches et les avait retrouvées chez un autre apiculteur du coin ?

— Oui.

Ils pénétrèrent dans la cour, envahie de mauvaises herbes. Quelques poules se sauvèrent à leur approche. Arthur remarqua la peinture cloquée et écaillée des portes et des volets, les carcasses rouillées d'appareils, d'ustensiles de cuisine dans un coin. Le vieil utilitaire blanc sale était garé sous un appentis dont le toit menaçait de s'effondrer. L'endroit respirait la pauvreté et aussi le manque d'envie de réparer, de tenter d'améliorer les lieux. Élisabeth parut lire dans ses pensées :

— Il est veuf depuis deux ans. Il n'en parle jamais mais je sais qu'il ne parvient pas à se remettre de la mort de sa femme, Marie. Une « longue maladie », comme on dit.

Une jeune fille brune, coiffée d'une natte, sortit de la maison et s'approcha sans un sourire. Elle s'arrêta à 1 mètre d'eux et Arthur fut environné d'effluves de jasmin.

— Bonjour, docteur Sandrelli.

— Ton père est là, Mélanie ?

Elle rougit jusqu'à la racine des cheveux, baissa la tête et débita :

— Euh… non. Non, il est parti ce matin. Je ne sais pas quand il rentrera.

— Son utilitaire est garé. Donc, il est chez vous, répondit Élisabeth d'un ton doux. Appelle-le, s'il te plaît. Personne n'a envie que les choses s'enveniment.

Mélanie releva la tête, les yeux remplis de larmes. Elle tourna les talons et disparut dans la maison. Quelques minutes plus tard, son père, Serge, en émergeait. Un homme de taille moyenne, vêtu d'un tee-shirt et d'un pantalon cradingues, au teint grisâtre et aux yeux injectés de sang. À sa démarche, il était évident qu'il n'était pas sobre.

— Qu'est-ce qui se passe ? lâcha-t-il d'un ton désagréable.

— Je pense que tu le sais, contra Élisabeth.

— C'est le Parisien, lui, non ? demanda-t-il en désignant Arthur d'un coup de menton.

— C’est mon compagnon.

Arthur n’eut pas le loisir de se réjouir du qualificatif. Il surveillait l’homme qui crispait les poings. Certes, il était de taille à l’aplatir au sol, mais préférait ne pas en arriver là.

— J’vois pas pourquoi t’es là, Élisabeth.

— Serge, tu me rends mes ruches, celles que vous avez volées cette nuit. Je veux dire que tu les rapportes chez moi et tu n’y mets plus un pied.

— C’est de la diffamation ! hurla l’homme dont l’haleine sentait le mauvais vin. J’vais porter plainte.

Arthur repêcha son portable dans sa poche et déclara, sans s’énerver :

— Je vais vous faciliter la démarche. J’appelle la gendarmerie.

Un tel désespoir passa dans le regard de l’homme qu’il ne se connecta même pas.

— J’t’assure, Élisabeth, c’est pas tes ruches. J’te jure. Enfin, je ferais jamais un truc pareil, et puis, pas à toi, bafouilla Serge.

— On peut les voir ? s’enquit Arthur.

— Ouais, ben ouais. Les ruches d’Élisabeth sont très reconnaissables.

Il les devança jusqu’au petit rucher, une centaine de ruches, aux flancs peints d’un bleu pétant. Là aussi des herbes folles poussaient jusqu’à hauteur de genoux. Un vieux poirier achevait sa lente agonie, rongé par une maladie. Arthur songea que cet homme était déjà un peu mort en dedans. Élisabeth se dirigea vers les cubes de bois et les palpa. Dès la troisième, elle déclara d’un ton heurté :

— Ça vient d’être repeint. C’est tout frais.

Arthur se délesta de son sac à dos et en sortit une lampe infrarouge sur batterie. Il balaya les toits des ruches. Deux grosses initiales apparurent sur une dizaine d'entre elles, en vert fluo : « E.S. » Il se tourna et expliqua à Serge :

— Il s'agit d'un marquage PMC, pour « produit marquant codé ». C'est une technique qu'on utilise maintenant dans les magasins, ça se pulvérise sur des cambrioleurs ou pour détecter les contrefaçons, etc. Le marquage tient plusieurs mois. On peut aller plus loin dans l'identification, si vous le voulez. Toutefois, je ne vous le conseille pas.

L'homme déglutit et baissa la tête. Il gémit :

— C'est une catastrophe. Enfin, c'est les abeilles de mon grand-père, de mon père. Elles meurent ou elles se cassent, comme si elles ne voulaient plus de nous, de moi. Tu te dis que la planète est en train de crever et toi avec. Élisabeth, tu comprends ?

Il plaqua ses mains usées aux ongles trop longs et très noirs sur son visage et fondit en larmes. Arthur ne savait que faire. Bon, une femme, un enfant, on les berce contre soi à coup de « Chut, chut, là, tout va bien ». Mais un homme ? Élisabeth s'approcha et serra Serge entre ses bras.

— Il faut lutter tant qu'on le peut, autant qu'on le peut. Et puis, Serge, tonds. Tu sais bien que les abeilles n'aiment pas avoir des herbes à hauteur de toit de ruche, à cause de l'humidité, donc des moisissures. Ce n'est pas à toi que je vais apprendre qu'il leur faut des tardives pour butiner après les moissons. Plante des trucs qui les aident. Je te donnerai des graines des fleurs mellifères de mon allée et aussi des graines de sarrasin. Ça fleurit de juin à septembre et elles adorent.

Je sais que… la douleur est encore terrible. Mais tu ne peux pas te laisser aller comme ça. Enfin, je t'ai connu autrement, décidé, bosseur, serviable et tout. Il y a Mélanie, elle est encore jeune. Elle a besoin de toi. Tu ne peux pas commencer à picoler à 9 heures du matin. Serge, même si c'est difficile, il faut que tu te secoues. Je sais que la mort de Marie a été effroyable. Mais elle est partie. Et maintenant, elle te regarde et elle pleure. Tu ne veux pas cela, n'est-ce pas ? Il ne faut jamais rendre les anges tristes.

Le visage contre l'épaule de la femme, les sanglots de Serge devenaient incontrôlables. Élisabeth ne le lâchait pas, le serrant contre elle comme un enfant. Enfin, il se calma, se recula, s'essuyant le nez de la main. Il balbutia :

— Non, je ne veux pas faire pleurer mon ange.

— Bon, tu rapportes ce que tu m'as pris. On vient t'aider à nettoyer le rucher et à le réinstaller correctement. On chargera ma tondeuse autoportée dans ton utilitaire. C'est l'affaire de quelques heures.

Élisabeth et Arthur repartirent. Le retour fut très silencieux. Il aimait cette femme si complètement, si totalement, ses rages, ses larmes, sa force, ses faiblesses, sa certitude que tout pouvait trouver une solution – sauf la mort, dont celle de Barnes –, sa tendresse pour les êtres, qu'ils soient humains ou pas, sa compassion sans mièvrerie. Oui, il l'aimait tant.

Soudain, alors qu'il approchait de Fontaine-la-Thierry, elle revint à la conversation qu'ils avaient eue l'avant-veille :

— Pourquoi tu ne peux pas envoyer tes résultats, tes avancées, à certains de tes pairs ? Ceux en qui tu as confiance.

— J'ai signé des clauses de confidentialité léonines avec GSgrünBioMed. Ils peuvent me casser les reins et me mettre sur la paille jusqu'à la fin de mes jours.

— Pas moi, pas avec mon adresse IP et encore moins avec celle du cabinet.

— Non, je ne veux pas que tu prennes ce genre de risques. Ils ont beaucoup, beaucoup de moyens.

— Bon, eh bien, je mérite des petites vacances. Ça fait longtemps que je n'en ai pas pris. On rencontre discrètement un de tes confrères et tu lui files les résultats. Ce chercheur autrichien du public dont tu m'as parlé, un de ceux en qui tu as confiance ? Je ne connais pas l'Autriche, il paraît que c'est très beau et puis, ce n'est pas trop loin. Mon père le répétait : il ne faut jamais plier le genou devant l'injustice sous prétexte que l'autre camp est plus fort. Il faut juste devenir plus malin. On fait ce que l'on doit faire, même si on échoue.

Il enclencha les feux de détresse et se gara le long d'un champ pour l'embrasser.

ÉPILOGUE D'ANTOINE

Peut-être un jour Arthur apprendrait-il que son patronyme Darrobat signifiait voie/voyage/chemin/route en russe. Peut-être pas. Quelle importance ? Aucune puisqu'il avait vu sa voie, emprunté le bon chemin et était arrivé au terme d'un voyage qui l'avait mené vers sa vie.

Beaucoup d'entre vous l'auront compris : ce roman est aussi né de mes expériences de Parisien néorural. Et encore, je vous ai évité la liste exhaustive de mes erreurs, de mes incompréhensions, de mes ignorances, bref de mes plantages. Ils ont dégringolé en averse au cours de mes deux premières années d'installation. Ben non, je ne savais pas ce qu'était une fosse toutes eaux et encore moins comment ça s'entretient, ni pourquoi le ramonage des cheminées était important, ni que le plâtre, c'est pas de l'enduit, ni qu'un système électrique à poussoir n'a rien à voir avec un va-et-vient (un fil électrique en moins, il fallait le savoir), ni que des peupliers envahis de gui doivent être abattus (ça fait du bois de chauffage), ni comment faire un bon compost avec des épluchures de légume, des feuilles mortes, des résidus de tonte, etc., etc.

Ai-je regretté ? Sur le moment, épuisé, j'ai eu des doutes. Ensuite, j'ai été convaincu qu'il s'agissait de la meilleure décision de ma vie. Je le pense toujours. Le luxe de l'espace, du silence. La griserie des chants d'oiseaux le matin (et même la nuit avec les hululements de chouettes qui bercent le sommeil). Le bonheur de l'enfant qui galope dans une prairie convertie en bio et où poussent des millions de fleurs colorées sur lesquelles se posent une multitude d'insectes dont on ignorait le nom et même l'existence. Mes préférés ? Ces ravissantes *demoiselles* violettes, bleu pâle, ou bleu pétrole, translucides ou presque noires. Elles sont délicates et élégantes. L'enfant ne risque rien. Si, des orties, une gamelle et peut-être une piqûre d'insecte qui lui vaudront d'être amplement consolé(e) et de se prendre pour un(e) héros(ïne) en herbe.

Au fil des mois, perclus de douleurs, de courbatures, déprimé par mes bêtises, puis satisfait voire exalté par mes réussites (et changer un joint de robinet à cette époque était un immense succès à mes yeux), j'ai vraiment eu le sentiment d'apprendre ce que j'étais et ce que je pouvais. Et je pouvais plus que je ne le croyais. Ça n'a l'air de rien comme cela, mais réaliser une jolie porte de placard, sous un escalier, n'est pas simple. D'abord on se goure dans les mesures. Ensuite on se rabote la main (au lieu du panneau). Enfin les paumelles (lorsqu'on a appris ce que le terme désignait) ne sont pas les bonnes. Au bout du compte, après des bordées d'injures, lorsque la porte est en place, une fabuleuse satisfaction nous envahit ! Je pense parfois que ce genre de cheminement consiste à « revisiter » la vie, notre vie telle qu'elle est devenue au cours des dernières décennies. Oui, bien sûr, nous avons atteint un niveau de confort jamais égalé. Oui, tout est simple (ou paraît simple). Quelques applis, et nous avons le monde au bout des doigts. Oui, on peut « liker » les posts de gens qu'on ne rencontrera jamais, à l'autre bout de la planète. Et ? Qu'avons-nous fait, nous, vous, moi ? Pas assez de choses qui nous contentent vraiment, dans la plupart des cas. Or l'humain ne fonctionne pas ainsi. Il(elle) a besoin de savoir qu'il(elle) a fait une différence, à sa mesure, même minime. Qu'il(elle) a fait quelque chose de tangible, de vérifiable, une porte de placard ou une main tendue vers un être qui dérapait ou un enfant à qui on aura donné des outils pour le futur. Une multitude de choses, des plus anodines/quotidiennes aux plus cruciales/modificatrices.

Notre vie compte alors, elle a un vrai sens.

J'aime faire des confitures et des compotes avec les fruits de mon jardin. En réalité, je n'ai pas une passion pour les confitures mais ça sent divinement bon dans la maison. Et puis, il s'agissait aussi pour moi d'un de ces challenges sur lesquels on s'obstine, sans savoir trop pourquoi. Au début, je les ratais, surtout la confiture de fraises, une vraie vacherie. En fonction des années, il fallait la boire à la paille ou la découper au burin. Après pas mal d'échecs, je les réussis maintenant et ça me fait plaisir. Aucun fruit n'est traité, ça vient comme ça veut. J'obtiens une récolte fabuleuse une année et cinq pauvres pommes la suivante. Offrir quelques pots autour de moi me procure du bonheur. Aller réparer l'évacuation du lave-linge de ma très vieille voisine, l'écouter pendant que je bricole (elle se souvient de la Seconde Guerre mondiale, d'une vie radicalement différente de la nôtre) me fait un bien fou. Aider un autre voisin – jusque-là récalcitrant à l'informatique mais conscient que son opposition devient intenable – à installer son système informatique et sa Livebox et lui apprendre le B.A.BA d'Internet, de l'envoi de messages, me permet de le remercier parce qu'il s'occupe de mon jardin lorsque je m'absente.

Pour en revenir à l'importance considérable des petits commerces dans les bourgs et villages, notamment celle des boulangeries, il s'agit de lieux où se tissent et s'entretiennent des liens humains. Alors oui, on tombe nécessairement sur des voisins, pas mal de petits vieux, seuls, qui parleront durant dix minutes de leurs maladies, de leurs douleurs, de leur médecin, de leurs petits-enfants qui ne viennent pas beaucoup, de leurs plantations. Oubliant leurs confidents involontaires d'une semaine sur l'autre, ils se répètent et parlent surtout d'eux. Cela agace un peu au début, jusqu'au moment où l'on comprend que leur vie s'est rétrécie, sans qu'ils l'aient souhaité. Elle se limite maintenant à leur petit salon-salle à manger, leur vieux chat ou chien et leur télé. Aussi, parler de soi, de la météo, de la future fête du village, c'est revendiquer gentiment que l'on vous considère toujours un peu comme un être humain. C'est rencontrer encore le monde, les autres. Et les distributeurs de baguettes que l'on voit fleurir dans les villages ne remplaceront jamais cela. Ma vie n'est pas à dix minutes près. Quelle vie est à dix minutes près ? Je peux choisir d'aller chercher le pain ou les croissants lorsque j'ai le temps, un peu de temps d'écoute à offrir. J'ai le sentiment d'un tissu d'humanité que nous partageons, d'être de quelque part, de quelque chose, conforté et même soutenu par des réalités, des existences humaines qui me précèdent. Qui me suivent aussi. Et puis, ne l'oublions pas : nous serons tous vieux un jour.

Ce déménagement en zone rurale qui, je l'avoue volontiers, était à l'origine surtout (mais pas que) inspiré par des considérations financières – Paris devenant hors de prix –, s'est révélé être une sorte de psychothérapie extraordinaire (et gratuite). Bon, je savais faire ce pour quoi j'avais étudié, rien d'autre. Comme des milliers de personnes dans mon domaine. Je n'étais ni franchement meilleur ni plus mauvais. Je n'étais ni malheureux ni vraiment heureux. Disons que ça « fonctionnait ». Or ce n'était pas assez. Du moins pas pour moi. Et pourtant, je n'arrivais pas à mettre le doigt sur cette espèce de manque, de déficit de moi-même. Plus déroutant encore, il a fallu que je parte afin de pouvoir « muter ». J'ai compris que j'étais une sorte de décalcomanie de plein de types de mon âge. J'étais interchangeable, sauf pour mes très proches. C'est peut-être prétentieux, mais ce n'est pas une constatation gratifiante. Je vis dans un endroit où je sais que M. Jean-Paul va diagnostiquer de quoi souffrent mes fruitiers et comment je dois agir (sans pesticides ou alors uniquement lorsque l'arbre est en train de mourir). Où Mme Sabine va me conseiller sur la façon de fabriquer mon vinaigre bio et mes chutneys. Ulcérée, elle insistera à nouveau sur le fait que « Non, monsieur Antoine, c'est français le chutney. Ça a peut-être un nom anglais, mais c'est français ! ». Et on n'a pas intérêt à la contredire en lui expliquant qu'en réalité c'est indien, elle le prendrait mal. Mme Sabine est convaincue que tout ce qui est savoureux dans le domaine gastronomique est obligatoirement d'origine française. Où Mme Nathalie connaît les enduits de mur comme sa poche. Son père était maçon, un de ces anciens artisans qui possédaient leur « ouvrage » sur le bout des doigts, tous ses pièges et ses recettes. Où M. Raymond vous fait une vidange en deux temps, trois mouvements en bougonnant chaque fois : « Non, mais le prix qu'ils vous demandent maintenant dans les garages, c'est dingue. On les trouve pas sous le pas d'un cheval[1] ? » À part cela, c'est presque deux fois moins cher qu'à Paris. Je n'allais certainement pas oublier Mme Irène (à tout seigneur, tout honneur), l'apicultrice à qui j'ai prêté à titre gracieux 1 hectare de bois pour y installer des ruches. Un deal gagnant-gagnant comme je les aime et les meilleurs qui soient : les abeilles se sentent bien chez moi, j'ai quelques pots de délicieux miel, elles pollinisent mes fruitiers, j'ai le sentiment de faire un petit truc bien, et voilà ! Quelques « détectives des mots » se demanderont s'il s'agit d'Élisabeth Sandrelli. Non. Mme Irène a soixante-quinze ans, bon pied, bon œil, de l'énergie à revendre doublée d'un calme olympien dans n'importe quelle situation. Eh oui, elle manipule les ruches sans protection (encore une fois, à ne jamais, au grand jamais, tenter. Seules quelques rarissimes personnes y parviennent). Elle m'a évité de raconter, dans ce roman, des âneries au sujet de ses protégées. Elle les connaît par cœur. Quant à moi, je ne me « retrouve plus comme une poule qui a trouvé un couteau[2] » au moindre truc un peu nouveau.

---

1. Elle fait partie des dizaines de vieilles expressions françaises dont j'ai dû chercher la signification sur Internet après avoir quitté Paris : trouver facilement quelque chose de banal dans l'empreinte d'un sabot. Ici l'argent, les sous.

2. Être étonné(e), ne pas savoir quoi faire face à une chose ou une situation nouvelle.

Je suis devenu M. Antoine, ou Antoine tout court, qui peut traduire un texte de l'anglais ou dans l'autre sens, aider un gamin qui bloque sur un cours de maths, et envoyer des lettres courroucées mais courtoises aux institutions et aux banques, assureurs, commerçants en leur rappelant le droit (je ne suis pas juriste, mais Google donc Legifrance et tous les blogs légaux sont mes amis) ou, au contraire, diplomatiques en sollicitant une petite faveur. Une sorte d'écrivain public bénévole. Je peux donner un coup de main en informatique et notamment aider les gens à surmonter l'espèce de peur qu'elle leur inspire. Je suis devenu quelqu'un à qui on demande un service, un tuyau, et c'est sans doute une de mes plus grandes réussites.

Contrairement à ce que pensent beaucoup de citadins, il ne s'agit pas de devenir un *multi-tasker*, qui sait tout faire, yeux bandés, depuis monter un mur, jusqu'à changer un moteur de voiture, en passant par une réparation de cumulus, sans oublier jouer de la cornemuse et tresser des paniers d'osier. Au contraire, même si des petits talents pour le bricolage et le jardinage sont indiscutablement un plus. Pour le reste, il s'agit surtout de savoir ce que l'on peut offrir et ce que les autres peuvent vous apporter, de l'accueillir et de le respecter. Cela signifie reconnaître les talents autour de soi et les nôtres. Et, en nouvel(le) arrivant(e), cela implique d'aller au-devant des aptitudes des autres. Ça ne se fait pas en un jour, ni en un mois, et encore faut-il avoir la volonté de s'ouvrir aux autres. De les aborder. De les connaître.

Au fond, c'est cela : la certitude d'être devenu « quelqu'un ». Pas du tout, mais pas du tout au sens « d'important », juste au sens « d'être humain identifiable » représentant un petit « plus » pour un groupe, contribuant, d'une façon ou d'une autre à la vie des autres, qui contribuent à la mienne.

Plusieurs études sont sorties récemment et toutes vont dans le même sens. Cent mille citadins quitteraient chaque année les grandes métropoles pour s'installer dans des petites et moyennes agglomérations ou à la campagne. Il ne s'agit donc plus d'un épiphénomène. Selon une étude de septembre 2019 conduite par le Cevipof[1], sur plus de quinze mille personnes interrogées, à la question « Où préféreriez-vous vivre ? », 45 % des sondés ont répondu à la campagne, 41 % dans une ville moyenne et 13 % dans les grandes métropoles. Les raisons avancées sont : « qualité de vie supérieure, meilleur équilibre entre vie professionnelle et privée, relations sociales apaisées, modération des prix, etc. ». Cette distribution ne varie ni en fonction de la catégorie socioprofessionnelle, de l'âge, ni même du diplôme ou alors dans des proportions minimes. Cela ne signifie pas, bien sûr, que tout les « enquêtés » de l'étude sauteront le pas.

Attention, cependant. Ainsi que le dit Muriel, ce genre d'expériences, de changement radical, ne convient pas à tout le monde, ne serait-ce que parce qu'ils impliquent une nécessité d'organisation, rendue facile par l'espace (on peut stocker) et par Internet (on peut tout trouver et se faire livrer). Le *temps long*, c'est aussi prévoir qu'on ne parviendra pas à changer une bouteille de gaz vide un dimanche à 15 heures, que le remplissage de la cuve destinée au chauffage ne se fait pas d'un claquement de doigts. Que si l'on n'a pas de beurre, de lait, de café le même dimanche soir… ben

1. Le Centre de recherches politiques de Sciences Po.

on n'en aura pas non plus le lundi matin, sauf bien sûr si des voisins vous les « avancent ». Il faut donc vraiment avoir décidé dans sa tête que l'on passe à une autre vie en sachant ce que l'on abandonne et ce que l'on va trouver. Au fond, il s'agit d'une véritable mue, doublée d'une étude de marché, d'autant plus importante qu'elle concerne notre vie et souvent celle de notre famille. Là encore, il convient de prendre en compte le *temps long*, au-delà des questions « immédiates » telles que la possibilité de trouver du travail, de télétravailler (et il faudrait vraiment passer à la vitesse supérieure dans notre pays), les moyens de transport, les services, etc. En effet, la notion de « déserts » ne s'applique pas qu'à la médecine mais aussi à de nombreuses institutions et administrations. Après quelques années d'installation, se poseront d'autres questions : les enfants grandissent et leurs besoins en écoles, collèges, fac évoluent, même si la qualité de l'enseignement primaire est jugée meilleure dans les zones rurales. Nous vieillissons et nos nécessités, limitations changent aussi. Toutefois, il ne s'agit pas non plus d'une « sentence » à vie : on peut redéménager dans l'autre sens, vers une grande ville.

On ne mettra pas la ville à la campagne… parce que ça ne serait plus la campagne, parce que les gens qui aiment/ont choisi cette vie ne veulent pas/plus de la ville. Cela convient à certain(e)s, pas à d'autres.